D1494388

L'ÂNE ROUGE

OUVRAGES DE GEORGES SIMENON
DANS CETTE COLLECTION

GEORGES SIMENON

L'ÂNE ROUGE

PRESSES POCKET

1

Un navire qui descendait la Loire lança deux coups de sirène pour annoncer qu'il évoluait sur tribord et le cargo qui montait répondit par deux coups lointains qu'il était d'accord. Au même moment le marchand de poisson passait dans la rue en criant et en poussant sa charrette qui sautait sur les pavés.

Avant d'ouvrir les yeux, Jean Cholet eut encore une autre sensation : celle d'un vide ou d'un changement. Ce qui manquait, c'était le crépitement de la pluie sur le zinc du toit voisin, qui avait accompagné son sommeil pendant la plus grande partie de la nuit. Maintenant, il y avait du soleil. Il en avait plein les paupières closes.

Il était tard, au moins huit heures et demie, puisque le marchand de poisson passait déjà. Cholet ne l'entendait de son lit que quand il était malade et qu'il n'allait pas au journal.

Il se dressa soudain, ouvrit les yeux. La mémoire lui revenait en partie. Ce matin-là n'était pas un matin comme les autres et il y aurait des heures désagréables à passer, en dépit du soleil oblique qui empourprait les fleurs roses du papier peint.

Rien que le geste de se lever lui donna mal au cœur et, lorsqu'il fut debout sur la carpette, il hésita à se recoucher tant il avait la tête vide.

Il avait été ivre, et il en gardait un mélange de déséquilibre et d'écœurement, avec une pointe inattendue d'allégresse.

Jean Cholet n'eut pas le courage de se raser comme il le faisait chaque jour en dépit de ses dix-neuf ans. Si ses poils roussâtres étaient rares, drôlement groupés, ils ne lui donnaient pas moins, quand il les laissait pousser, un aspect négligé et maladif.

La porte de la chambre était ouverte. La maison était baignée depuis longtemps par l'odeur du café. On entendait des pantoufles glisser sur les carreaux de la cuisine et le crissement rythmé d'un couteau qui raclait des carottes.

L'eau du broc était froide. C'était novembre. Cholet trouva par terre une cravate tordue comme une ficelle et un faux col maculé de boue. Cela lui rappela qu'il avait vu beaucoup de boue, et de très près. Mais où ?

M. Dehourceau, le directeur de *La Gazette de Nantes,* l'avait envoyé pour la première fois à un banquet, celui qui clôturait le congrès de la chaussure. Ils étaient cinq journalistes au bout de la table d'honneur et l'eau dévalait en torrents sur la verrière qui surmontait la salle.

Or, soudain, Cholet était parti en se fâchant. Pourquoi? Qu'avait-il dit? Et qu'y avait-il eu ensuite d'agréable? Car, malgré tout, il lui restait dans la poitrine comme une joie inachevée qu'il s'efforçait de préciser. Dans le chaos de ses souvenirs, cela se dessinait en noir et blanc. Très noir et très blanc. Il murmura :

« L'homme en habit! »

Mais il était impuissant à rattacher ces mots à quelque chose de solide. Quel homme? Quel habit?

Il sortit de sa chambre et dans l'escalier il fut pris d'un léger vertige. Ses tempes et sa lèvre supérieure étaient moites. Il avait envie de vomir.

« Bonjour, mère. »

Elle était dans la cuisine, penchée sur ses carottes, et elle ne se retourna pas, ne répondit pas tandis qu'il allait s'asseoir à sa place, après avoir pris la cafetière sur le poêle. C'est tout juste s'il put avaler deux gorgées de café. Il garda longtemps en bouche une seule bouchée de pain.

« Il est déjà neuf heures? »

Son père était parti. La marchande de lait était passée. Quand sa mère se tourna à moitié pour mettre les carottes dans la marmite à soupe, il vit qu'elle avait les yeux rouges et il comprit pourquoi elle reniflait sans cesse.

Il aurait voulu lui demander à quelle heure il était rentré, et comment. Mais alors sa mère

9

pleurerait de plus belle et il n'aurait pas le courage de la consoler. Il s'approcha du portemanteau, dans le corridor.

« Jean!

— Quoi?

— Hier au soir, j'ai vu pour la première fois pleurer ton père. »

Du coup, elle sanglotait. Il s'enfuit. Il venait de mettre la main, non sur sa gabardine, mais sur un imperméable jaune qui n'appartenait à personne de la maison. Il pressentait des choses graves. C'est dans la rue qu'il revêtit l'imperméable trop large pour lui. Dans les poches, il trouva, parmi les débris de tabac, deux gants troués et une clef.

La panique le gagnait. Il suivait le même chemin que tous les jours, franchissait les ponts de la Loire, puis le passage à niveau. Le mouvement des rues n'était pas le même que d'habitude ; les gens qui circulaient étaient différents. C'est parce qu'il était en retard. Le marché était fini. Les balayeuses municipales enlevaient les feuilles de choux et les ordures. On pouvait regarder le soleil en face, car il était tamisé par une buée qui le rendait plus rouge et plus froid.

D'où venait l'imperméable? Le banquet avait lieu à deux heures de l'après-midi. Cholet était parti avant le discours et il lui faudrait téléphoner à un confrère, à Bourceau, par exemple, pour avoir les éléments de son compte rendu.

Tout à coup il frissonna, resta en arrêt. Où

avait-il rencontré son patron, la veille? Et comment, pourquoi, avait-il vu sa barbe de si près?

Il pressa le pas. Il avait hâte de savoir. Il se sentait malade et pourtant il traînait toujours en lui un vague relent de bien-être. Ainsi, il lui arrivait, après avoir rêvé d'une femme, de rester sous le coup d'effusions impossibles, l'âme baignée d'une sentimentalité inavouable.

Il y avait un habit, un plastron blanc, une odeur de cigarettes orientales...

Jean Cholet plongea dans le corridor qui conduisait, par un escalier étroit, à la rédaction du journal. Il entendit du palier la voix de Mlle Berthe qui prenait des dépêches Havas au téléphone. Léglise était à son poste depuis sept heures du matin penché sur les dépêches et sur les journaux, les ciseaux à la main, supprimant les alinéas, mettant des titres et fumant jusqu'à l'extrême bout des cigarettes qui lui brunissaient la lèvre supérieure.

« Te voilà! »

Il entraîna Cholet dans le bureau voisin, parce que Mlle Berthe, qui entendait mal son correspondant parisien, donnait des signes d'impatience.

« Le patron t'a demandé il y a une demi-heure. »

Léglise ne pouvait s'empêcher de sourire devant le visage défait de Cholet.

« Tu en as fait de belles!

— Je suis venu ici? »

C'est ce qu'il craignait le plus.

« Tu étais là, au pied de la table, et tu avais arraché le téléphone. Le concierge essayait de te faire boire du thé chaud et tu as lancé la tasse dans ce coin. »

Il restait des éclats de faïence sur le plancher gris.

« Quand le patron est arrivé, tu t'es soulevé sur les mains et tu l'as traité de sale bête, d'hypocrite, de... »

Assez! Cholet se souvenait! Il revoyait le visage barbu de M. Dehourceau, son nez rouge comme une fraise. Que venait-il lui parler des dangers de la boisson, lui qui vidait tout seul ses deux bouteilles de bourgogne par jour? Eh bien, il le lui avait crié à la face!

« Tu étais beau!... Plein de boue!... Tu as dû te traîner dans le ruisseau... »

Mais l'homme en habit? Mais cette impression de légèreté, de futilité, d'érotisme? Car il y avait une impression d'érotisme!

« Qui est-ce qui t'a conduit au *Trianon?* »

Le regard de Cholet s'adoucit. Un air d'opérette lui vint à la mémoire. Des velours rouges, des lampes, des danseuses en tutu qui riaient aux éclats...

« Tu es allé dans les coulisses où tu courais après toutes les femmes pour les embrasser. Le directeur a dû sortir avec toi...

— Speelman! » prononça soudain Cholet.

Il savait! Speelman! L'homme en habit! C'était le directeur de la troupe. Ils avaient bu quelque chose ensemble, une liqueur. Cholet le tutoyait. Ils étaient très amis.

« C'est tout?

— File chez le patron et essaie de t'en tirer. »

A présent, c'était à peu près net. L'assemblée générale du congrès, puis le banquet à l'Hôtel de l'Europe. Et c'était Bourceau le coupable. Il avait dit :

« Mélange donc le bordeaux blanc et le bourgogne rouge. C'est fameux! »

Cholet avait affirmé qu'en effet c'était fameux, puis s'était fâché parce que Bourceau et les autres refusaient de boire le même mélange. Il était parti furieux.

Comment il était entré au *Trianon,* il l'ignorait. Il avait montré sa carte de presse. Il avait parlé avec assurance. Il avait erré dans les coulisses. Il y avait quelque part une pièce tout en longueur, ornée d'une ribambelle de miroirs, où dix danseuses au moins s'habillaient dans un nuage de poudre de riz.

Enfin Speelman... La boue, c'était après, quand on l'avait lâché. Et, après la boue, *La Gazette de Nantes?*

« Tu as dormi ici jusqu'à onze heures du soir. Alors tu as bousculé le concierge qui ne voulait pas te laisser partir et tu as dû rentrer chez toi... »

Il avait vomi sous son bureau, vomi dans la rue, vomi partout. Il y avait de la vomissure sur l'imperméable qui ne lui appartenait pas.

Le secrétaire de rédaction et Gillon n'étaient

pas arrivés. Le metteur en pages réclamait de la copie et lançait une œillade à Léglise en désignant Cholet.

« Je vais voir le patron. »

A cette heure-là, depuis vingt ans, il écrivait l'éditorial quotidien, dans son bureau gothique, de l'autre côté de la cour.

« Entrez! »

Le journal catholique nantais appartenait déjà à son grand-père, qui avait signé les mêmes articles de fond. Père et grand-père Dehourceau étaient au mur, en effigie, avec une barbe identique, le même nez en fraise.

« Vous êtes remis? »

Sur le bureau, on voyait des feuillets couverts d'une écriture minuscule. Derrière M. Dehourceau, un miroir renvoyait à Cholet son image. Les paupières étaient rougies. Jamais les poils roussâtres n'avaient été aussi visibles, salissant tout le visage.

« Regardez-vous encore! »

Il y eut un court instant de débâcle, Cholet fut près, tout près des larmes. La tête lui tournait. La gorgée de café du matin lui remontait à la gorge.

« Vous vous êtes bien vu? »

Et, comme un petit garçon, il répondit d'une voix méconnaissable :

« Oui, monsieur.

— C'est tout ce que j'ai à vous dire. Si cela se renouvelait, je serais obligé de me séparer de vous. Allez! »

Il reprit le dernier feuillet, arrêta **Cholet** qui ouvrait la porte pour ajouter :

« J'ai chargé Gillon du compte rendu. »

*
* *

Cholet s'assit devant sa table, à deux mètres de Gillon qui venait d'arriver et qui écrivait avec une application exagérée. Mlle Berthe, en traversant le bureau, questionna :

« Ça va mieux ? »

Cholet, malade, découragé, fixait la fenêtre qu'enlaidissait la vitrauphanie. Il était dix heures. A onze heures seulement, il irait au commissariat de police s'enquérir des faits divers. Debras, le metteur en pages, lui demanda à travers le guichet :

« Votre *Potinière* ? »

Cholet écrivait chaque jour un billet qui commentait les événements nantais et qu'il avait baptisé ainsi.

« Faites paraître le papier que vous avez d'avance. »

Il se renfrogna parce que son regard tombait sur l'imperméable accroché au portemanteau. C'était la première fois qu'il était ivre, la première fois aussi qu'on l'envoyait à un banquet.

Or, malgré la rancœur, il y avait toujours éparse en lui cette légèreté équivoque qu'il cherchait à condenser. Ils étaient assis, lui et Speelman, en habit, sur une banquette rouge et ils buvaient quelque chose avec une paille. Ils se tutoyaient. Speelman avait des cheveux bruns, une peau mate. Il dégageait un léger parfum. Son plastron était orné de diamants.

Il y eut, derrière Jean Cholet, un déclic de l'horloge : onze heures moins le quart. Il partit sans l'imperméable et se dirigea vers le commissariat où il n'y avait aux rapports quotidiens qu'une rixe entre matelots scandinaves, deux procès-verbaux pour injures aux agents et un vol à l'étalage.

Dans les rues, on sentait encore la fraîcheur humide des pluies de la veille. A l'ombre, les pavés gardaient des traces de mouillé et toute cette buée à moitié transparente qui montait dans le soleil intensifiait les bruits, surtout ceux des tramways et des grues du port.

En revenant du commissariat, Cholet hésita à un carrefour et soudain tourna à gauche, vers le *Trianon*. Toutes les portes du théâtre étaient ouvertes sur la pénombre de la salle, une pénombre pourpre, à cause des capitonnages de velours. Les femmes de ménage balayaient, envoyant dans le soleil qui inondait le péristyle des nuages de poussière. Les affiches jaunes et vertes annonçaient *La Mascotte* par la Tournée Speelman.

Personne n'empêcha Cholet d'entrer. On dut croire qu'il était de la maison. Il passa entre les rangs de fauteuils couverts de housses, aperçut une porte interdite. C'était par là! Il s'en souvenait. Il tournait honteusement à l'entour. Enfin, il s'approcha d'une laveuse.

« M. Speelman...

— Qui ?

— Le directeur de la tournée.

— C'est fini, la tournée, puisque c'était hier la représentation d'adieu. Le camion est parti ce matin avec les accessoires et les costumes. »

La veille, il était de l'autre côté du rideau. Il pouvait même préciser qu'il y avait un escalier de fer en colimaçon et que les corridors étaient peints en gris.

Il sortit. Il n'avait pas envie de rentrer au journal. Le sang affluait à ses tempes, peut-être parce que, sans pardessus, il prenait froid, ou encore parce qu'il avait l'estomac vide.

Il fit le tour du théâtre. Même les portes de derrière étaient ouvertes à deux battants et laissaient pénétrer l'air frisquet de la matinée. De l'autre côté de la rue s'alignaient des petits cafés, des bars où il n'avait jamais mis les pieds, surtout dans la ruelle du fond où, la nuit, brillaient des enseignes lumineuses. A cette heure, elles étaient éteintes. Il en remarqua une, *L'Ane Rouge,* et il crut reconnaître le bec-de-cane en corne usée.

La banquette rouge, Speelman, la liqueur bue avec des pailles, c'était là !

La chronique locale devait être donnée à la composition avant midi, mais il s'accorda encore quelques minutes.

« Pile ou face! Ou la porte est ouverte, et j'entre, ou elle est fermée... »

Elle était ouverte. Une femme blonde et grasse qui venait de se lever ramassait les cendriers pleins et les verres qui traînaient sur les tables. Elle accueillit Cholet sans étonnement.

« Alors, ça va mieux? »

Il se souvint d'elle, ou plutôt de son sourire qui était doux et mou comme ses contours.

« Speelman n'est pas ici?

— Vous ne vous souvenez même pas de ce que vous avez raconté hier? Quand il vous a dit que la troupe repartait ce matin, vous avez juré de le conduire à la gare... »

Il rougit. La femme riait.

« Pas trop mal aux cheveux?

— Non.

— Un petit quelque chose pour vous remettre? »

D'autorité, elle choisit une bouteille de menthe verte et emplit un verre. Elle était nue sous sa robe, cela se voyait au tremblement des seins et surtout au tissu qui se pinçait entre les cuisses chaque fois qu'elle se penchait.

« Vous avez pu faire votre compte rendu? J'en ai encore un morceau, car vous l'avez commencé à cette table. Si vous parvenez à lire quelque chose... »

Qu'avait-il donc raconté? Et qu'avait-il dit de *La Gazette de Nantes?*

18

« La troupe est partie à neuf heures. Ils couchaient presque tous ici au-dessus... »

Elle essuyait les tables d'acajou. La salle était petite. Il y avait un piano sur une estrade, un bar américain, vingt chaises au plus et des banquettes. Sur les murs, c'était une profusion de cadres et de sous-verre, des caricatures, des aquarelles, et aussi des objets hétéroclites, un vieux Christ en bois, un masque nègre, une panoplie d'armes malgaches, des litres en étain et une lampe rituelle juive.

« Vous n'avez pas rapporté l'imperméable ?

— Où est le mien ?

— Il a bien fallu que le pianiste le mette pour partir. Vous souvenez-vous que vous vouliez acheter ce Christ parce qu'il vous rappelait un oncle qui est mort l'an dernier ? »

Jean Cholet n'osait pas la regarder. Il était gêné et pourtant il ne se décidait pas à partir. On entendit une voix de femme dans la cage d'escalier.

« Mélanie !

— Qu'est-ce que tu veux ? »

Et des pas. Puis la porte de la cuisine s'ouvrit et une jeune femme entra, les pieds nus dans des savates, un broc à la main.

« Pardon... Il y a du monde...

— Mais non ! Entre, Lulu. Il te faut encore de l'eau chaude ? »

Elle était en peignoir. C'était une jeune fille toute menue, au fin visage irrégulier, aux cheveux en désordre, qui regardait curieusement Cholet.

« Tu ne le reconnais pas?

— C'était lui? »

Et gentiment Lulu demandait :

« Pas trop malade?

— Pas du tout!

— Regarde toi-même dans la bouilloire, Lulu. Mais il faut m'en laisser un peu, car je vais m'habiller. »

Le peignoir était couleur saumon, sale dans le bas, sans doute d'avoir traîné sur les marches de l'escalier.

« Vous viendrez ce soir? questionna la patronne. Vous étiez trop soûl pour entendre les artistes. Vous verrez Lulu et vous m'en direz des nouvelles. Elle a été à la *Cigale*...

— Je rapporterai l'imperméable, dit-il.

— C'est cela. Encore un peu de menthe? »

Dans la rue, il était agité. C'était un mélange d'humiliation, de gêne et de joie sourde qui lui venait il ne savait d'où.

« *J'ai vu pleurer ton père pour la première fois...* »

Sa mère avait pleuré, aussi, mais ce n'était pas la même chose. Elle pleurait comme ont rit, ou comme on chante, pour rien, pour le plaisir de pleurer. Elle était malheureuse par goût. Elle se plaignait toujours, de tout, de sa médiocrité, de la méchanceté des gens, de l'ingratitude de sa belle-sœur, et de l'intransigeance du voisin qui

20

voulait surélever sa maison et lui voler le soleil de la cour.

Il était plus de midi quand il traversa la rédaction déserte. Seul Léglise continuait à découper et à coller, tout en mangeant des sandwiches tandis qu'une cafetière en émail bleu ronronnait sur le poêle.

« Vite! Debras t'attend... »

Cholet rédigea ses « chiens écrasés » sur le marbre, à deux mètres des linotypes cliquetantes.

Comme Léglise, son père déjeunait dans le bureau d'assurances où il était comptable. C'était à l'autre bout de la ville, vers Saint-Nazaire. Cholet faillit y aller. Puis, il ne s'en sentit pas le courage.

« Un qui a enragé, dit Léglise, c'est Gillon quand le patron lui a dit de faire le compte rendu! »

Car Gillon était chargé des grands reportages, des réunions de la Chambre de commerce et des questions économiques. Jean Cholet sourit. Son sourire était si étrange qu'il étonna le brave Léglise. C'était un sourire détaché, d'une légèreté inexplicable. Un homme très amoureux doit sourire ainsi quand on lui parle gravement de quelque chose qui ne touche pas à son amour.

Or, Cholet pensait à Speelman, à l'habit noir, au plastron blanc, aux trois diamants qui l'étoilaient; il pensait à des velours grenat, à des liqueurs qui se boivent avec des pailles, aux femmes qui balayaient le théâtre et à celle — elle s'appelait Lulu — qui demandait de l'eau chaude.

Sa mère l'attendait pour déjeuner, dans la cuisine où les deux couverts étaient dressés. C'était l'heure où le soleil, franchissant le mur de la cour, tombait d'aplomb sur la table.

Jean n'avait pas faim. Il n'avait pas envie de parler, ni surtout de donner des explications ou de s'attendrir. Le silence dura longtemps.

« Ainsi, tu as perdu ta nouvelle gabardine !

— Je l'aurai ce soir. »

Mme Cholet reniflait déjà, posait sa fourchette. La pendulette de faïence, au-dessus du fourneau, battait éperdument les secondes. La bouilloire lançait un jet de vapeur oblique. Les côtelettes étaient trop cuites.

« Si M. Dehourceau savait !... »

Il dut se retirer en hâte pour aller vomir. Cela avait le goût de menthe verte. Il était une heure, car les grues sifflaient toutes à la fois.

2

IL suffisait de trois lumières pour donner à la ruelle un caractère équivoque. La première était une boule blanche, en verre dépoli, marquée du mot hôtel. Il y avait plus loin l'enseigne de *L'Ane Rouge* : un âne lumineux qui montrait les dents et ruait des quatre pieds. Enfin, au fond de l'impasse, il sembla à Cholet que la lanterne, au-dessus d'une porte toujours entrouverte, était rouge.

Il était neuf heures et demie. Des ombres se mouvaient derrière les rideaux du cabaret et le piano égrenait de bruyantes ritournelles pour donner une impression de foule et d'entrain. Mais on devait de l'intérieur guetter les pas sur le trottoir car, dès que Jean Cholet mit la main sur le bec-de-cane, la porte s'ouvrit et une voix cria à la cantonade :

« Une table pour ces messieurs-dames! »

Puis, sur un autre ton :

« Tiens! C'est toi? »

Cholet ne se souvenait pas du patron de

L'Ane Rouge. C'était un homme maigre et brun, tonitruant, aux yeux fatigués, qui portait un complet de velours et une lavallière.

« Par ici, vieux. Ça va mieux? »

De l'estrade, le pianiste indifférent regardait s'avancer son imperméable. La patronne était au bar. Lulu, assise à une table, le dos au mur, écrivait avec application et près d'elle un homme d'une soixantaine d'années vêtu d'une redingote lisait son journal.

En fait de clients, il n'y avait qu'un couple, le jeune homme tenait son bras derrière le dos de sa compagne et ils se regardaient en souriant.

« Bonjour », dit Lulu en tendant une main moite.

Et l'homme en redingote prononça d'une voix de basse :

« Bonjour, Jeannot! »

Cholet ne connaissait personne et tout le monde l'appelait par son nom. Layard, le patron, se précipitait vers la porte, car il avait entendu marcher sur le trottoir. Des gens entraient, trois hommes cette fois, qui venaient de bien dîner.

« Mes seigneurs et mes seigneuses, vous allez avoir le plaisir d'entendre notre bon camarade Doyen, des principaux cabarets de Montmartre, dans ses éblouissantes créations. »

Le vieux chanta, d'une voix sépulcrale. Jean Cholet s'était installé à la table de Lulu, qui collait l'enveloppe de sa lettre et qui lui lançait à la dérobée des regards curieux.

« Une menthe verte ? demanda la patronne.

— J'aimerais mieux autre chose.

— Un petit cherry ? »

Il faisait très chaud. Des clients entrèrent.
Layard pilotait chaque nouveau venu en débitant des plaisanteries sur son compte et, quand il revenait à sa place, il adressait à Cholet une œillade complice. Ainsi le jeune homme qui, la veille, avait mis pour la première fois les pieds à *L'Ane Rouge,* était déjà considéré comme un vieil ami de la maison. Il était assis à la table des artistes. On l'appelait par son nom. Après le tour de chant de Doyen, le pianiste s'approcha à son tour, tendit la main.

« Ça va ? J'ai rapporté la gabardine. »

Il avait le visage blafard, les yeux cernés, les lèvres décolorées et, du haut de l'estrade, quand ses doigts couraient sur les touches, il regardait les clients avec une hautaine indifférence.

« Quart Vichy ! » commanda-t-il.

Il n'avait pas fallu plus d'une demi-heure pour remplir la salle. Les gens parlaient fort. Les femmes riaient. Le piano reprenait ses ritournelles.

« Notre gracieuse divette Lulu d'Artois va nous dire... Au fait, que vas-tu nous dire, petite ? »

Elle n'était pas jolie, mais elle avait un air gentil, timide, un peu morose. Contre toute attente, le cherry avait fait disparaître les dernières traces du malaise de Cholet qui en commanda un autre, pour s'aider à trouver ce qu'il était venu chercher, car il était déçu. L'atmosphère était la même que la veille. De la soie rose tamisait les lumières et la salle baignait dans une pénombre moelleuse. Le cherry était sur la table, avec ses pailles blondes. Lulu quittait l'estrade au milieu des applaudissements et venait se rasseoir près de lui.

« Vous connaissez Speelman? lui demanda-t-il.

— Bien sûr! J'ai travaillé avec lui pendant deux ans. »

Il aurait voulu lui poser d'autres questions, mais il n'osa pas et il se contenta de la détailler du regard. Si elle était restée si longtemps avec Speelman, n'avait-elle pas couché avec lui?

« Vous prenez quelque chose?

— Si tu veux. »

Le vieux Doyen fumait sa pipe en les observant. Il attendait à nouveau son tour de chanter, tournant le dos à la salle que Layard arpentait en multipliant les plaisanteries et les calembours.

Cholet ne savait que dire. Il sentait un vide, un manque d'équilibre et il commanda un troisième verre, puis un quatrième. La chaleur envahit ses pommettes et bientôt il y eut comme un tour de clef donné à la réalité, les visages devinrent plus mystérieux dans le clair-obscur, la musique plus enveloppante.

« Il reviendra bientôt?

— Qui?

— Speelman. »

Il rêvait d'être en habit, lui aussi, avec un large plastron blanc. Il questionnait Lulu.

« Il y a longtemps que vous êtes à Nantes?

— Trois semaines.

— Vous logez ici?

— C'est moins cher que l'hôtel et Layard est très gentil. »

Doyen logeait aussi dans la maison. Il tutoyait Lulu, l'appelait ma beauté ou ma gosse. Couchaient-ils ensemble? Et Layard?

Cholet essayait de comprendre toute cette familiarité débraillée. Doyen, Layard, Lulu, Mme Layard parlaient tranquillement de leurs affaires intimes devant lui. Doyen, de sa voix lugubre, expliquait qu'un jour ou l'autre, il devrait se faire opérer à la vessie parce qu'il n'arrivait pas à uriner et son visage, tandis qu'il faisait ces confidences, était le même que lorsqu'il chantait *Le pantalon réséda*.

« C'est comme quand j'ai eu ma première fausse couche! » dit Lulu.

Cholet rougit. Cela le choquait et l'attirait. Il éprouvait un plaisir trouble comme celui qu'on se procure en tripotant une dent malade.

Les consommateurs, il ne les voyait plus que comme une mouvante toile de fond mais, par contre, il avait conscience d'être avec les artistes le point de mire de la salle.

« Qu'est-ce que vous prenez, mes enfants? C'est ma tournée! » dit Layard quand la foule commença à se clairsemer.

Et il s'assit à côté de Cholet.

« Alors, à ton canard, ça s'est arrangé? Il n'y a pas eu de pétard?

— Aucun pétard! Ma vie privée ne les regarde pas. »

C'était signe qu'il commençait à être ivre. Sa voix s'était élevée d'un ton et l'on pouvait, de trois tables plus loin, entendre ce qu'il disait.

« Dis donc, tu dois être très bien avec la police, toi?

— Je connais tous les commissaires.

— Quand il y aura encore un petit ennui, je te ferai signe. Ils sont empoisonnants, à la fin. C'est surtout la musique. Si l'on a le malheur de jouer quelques instants après l'heure, c'est toute une histoire.

— J'en parlerai au commissaire en chef. »

Et il but. Il se sentait plus grand, plus vivant. Pour un peu, il se fût cru Speelman lui-même.

« Il est directeur de la tournée?

— Et bien d'autres choses encore, fiston! »

Layard rit, poussa du coude Doyen qui ne sourit même pas, mais battit affirmativement des paupières.

« Quoi?

— On te dira ça plus tard. Toi, Lulu, tu as l'air d'avoir sommeil... »

Elle sursauta, car elle n'était pas à la conversation.

« Moi?

— Oui, toi, dit Cholet, en appuyant sur le tutoiement. Et tu ne bois pas! »

Images et sons étaient amortis. Il est vrai qu'il

y avait beaucoup de fumée dans la salle. Il ne restait que cinq consommateurs et le pianiste se contentait de jouer à deux doigts en les regardant avec outrecuidance.

Quelqu'un sortit. Il y eut, en tout cas, un bruit de porte ouverte et une bouffée d'air plus frais traversa le cabaret. Ce fut comme une limite. Avant cette sensation de fraîcheur, Cholet s'était rendu un compte assez exact de ce qui se passait. Après, il parla beaucoup, avec assurance. Autour de lui, des visages étaient déformés par le rire. Le pianiste ne devait plus être sur son estrade puisque sa figure pâle s'estompait à moins d'un mètre de Jean. Sans doute les derniers clients étaient-ils partis?

« Madame Layard!... Une tournée!... Et venez trinquer avec nous... »

Il était en proie à une sorte de trépidation qui le poussait, imprimait à tout ce qu'il faisait un rythme accéléré.

Il était heureux, magnifique. Il dominait ses compagnons. Il disait des choses extraordinaires. Il leur parla de *La Gazette de Nantes,* et du nez en fraise de M. Dehourceau, sans jamais perdre conscience de la présence de Lulu à côté de lui, sur la banquette. Ne lui dit-il pas, à certain moment :

« Donne-moi un baiser! »

Elle l'embrassa sur la bouche! Un baiser inattendu, tout chaud, tout mouillé. De temps en temps, Doyen regardait l'horloge qui marquait plus d'une heure. Mme Layard était venue s'asseoir à la table. Les yeux pochés de son mari, qui lui donnaient un air vicieux, ne quittaient pas le jeune homme.

« Je viens tout de suite... »

C'était Lulu qui s'excusait, passait derrière le bar, s'engageait dans l'escalier.

« Où va-t-elle? » questionna Cholet.

Il se leva à son tour, sourit d'un sourire malin.

Après un clin d'œil à la ronde; il pirouetta, passa à son tour derrière le bar. Dans l'escalier, qui n'était pas éclairé, il faillit tomber. La maison était vieille. Il n'y avait pas de rampe, mais une corde maintenue par des pitons.

Cholet riait, tout seul, en se dirigeant vers un bruit qu'il entendait plus haut. Il vit une porte entrouverte. Dans la chambre sans lumière, quelque chose bougeait.

« Que fais-tu? » dit-il en tendant les bras dans le vide.

Une voix oppressée :

« Tu m'as fait peur! »

Il la tenait! C'était Lulu! Elle avait déjà retiré sa robe.

« Petite tricheuse!

— Je tombais de sommeil... »

Il ne la lâchait pas. Elle ne cherchait pas à se dégager mais elle raidissait un peu ses reins maigres où saillait la colonne vertébrale. Il toucha un petit sein mou, se pencha sur la nuque qui avait une drôle d'odeur de femme et de lotion.

« Tu me fais mal..., chuchota-t-elle. Pas aujourd'hui!...

— Pourquoi ? »

Il ne voyait d'elle qu'une forme laiteuse. Il chercha sa bouche et elle l'embrassa, mais c'était moins chaud, moins humide que le premier baiser, en bas.

« Demain... »

Elle le poussait insensiblement vers la porte.

« C'est juré ?

— C'est juré... Et, ce soir, ne bois plus...

— Je ne suis pas soûl !

— Mais non. Bonne nuit.. »

Il se heurta à un mur, se retrouva dans la lumière et il vit des visages tournés vers lui sans la moindre expression de gaieté ou de curiosité. Doyen bâillait en tassant de l'index la cendre de sa pipe. Mme Layard rangeait les verres. Seul Layard eut le courage de faire un clin d'œil en disant :

« Déjà ? »

Le pianiste avait mis son imperméable. Cholet s'approcha du comptoir et commença des comptes embrouillés dont il ne retint que deux mots :

« Prix d'artiste... »

Il tendit des billets. On lui en rendit d'autres, et de la monnaie.

« Bonne nuit... Bonne nuit...

— Vous allez vers les quais ? » questionna le pianiste.

Les rues étaient vides. Le pianiste ne parlait

pas. Cholet sautillait en marchant et s'évertuait à tenir une conversation. Quelque part, il aperçut vaguement une lumière.

« On va prendre un dernier verre?

— Ma femme m'attend. »

Ce fut tout. Une poignée de main, à un coin de rue. Il rentra chez lui. En passant devant la chambre de ses parents, il entendit un léger bruit.

**

Le marchand de poisson était passé quand il s'éveilla. Dans la cuisine, il ne trouva pas sa mère. C'était l'heure où elle faisait son marché. Le bol de faïence bleue de Jean était à sa place habituelle, sur la nappe. Le café mijotait sur le coin de la cuisinière.

Cela lui fit un drôle d'effet de se trouver seul dans la maison qui était déjà nettoyée de haut en bas tandis qu'à l'odeur de ragoût se mêlait celle de la pâte à récurer. Cholet était triste, mais c'était d'une tristesse philosophique qu'il n'avait pas encore ressentie.

« Pauvre femme!... » murmura-t-il en évoquant sa mère qui, à la même heure, son filet à provisions à la main, courait les boutiques.

Et pauvre homme son père qui, bien que malade, était parti pour son bureau à huit heures et demie! Car, depuis deux ans, il souffrait d'une angine de poitrine. Dans la rue, il lui arrivait chaque jour de devoir s'arrêter net,

32

n'importe où, la main sur le cœur, à attendre la fin du spasme. Les gens s'étonnaient. Par pudeur, il feignait de s'intéresser à quelque chose, s'arrêtait par exemple devant un étalage ou devant la sortie d'une école. Si bien qu'une bonne âme était venue dire :

« Savez-vous, madame Cholet, que votre mari lorgne les petites filles? »

Pauvre homme! Pauvre humanité! Jean était enclin à plaindre tout le monde. En arrivant au journal, il plaignit Léglise aussi, qui gagnait moins que n'importe quel rédacteur parce qu'il avait débuté comme garçon de bureau.

Léglise avait les dents jaunes. Il était mal habillé. Sa femme, qui avait déjà trois enfants, venait parfois le chercher pour aller avec lui chez le docteur, car elle souffrait maintenant du ventre. Et Léglise était toujours de bonne humeur! Il découpait, collait, mettait des titres aux articles. Il aurait été capable de faire le journal à lui seul!

« Ça va, Cholet?

— Ça va. »

Et Cholet se disait :

« Il ne se rend pas compte... »

Ni Mlle Berthe qui, à vingt-huit ans, ne connaissait pas l'amour et qui, peut-être à cause de cela, avait des périodes de mauvaise humeur maladive!

Cholet souriait d'un petit sourire léger et mélancolique qu'il imaginait très bien sans avoir besoin de se regarder dans la glace. Sur son

33

bureau, il trouva une fiche : « *Voir incendie au dock n° 6.* »

Il avait mal à la tête, mais ce n'était pas trop désagréable. Les mains dans les poches, il se dirigea vers le port, dans le frileux soleil du matin. On lavait les vitres des magasins. Des jeunes filles rangeaient les étalages. Des triporteurs se faufilaient entre les camions et les tramways.

« Pauvres gens! Pauvres choses!... »

Il les comparait à une autre image qui vivait intensément en lui : un homme en habit, avec des diamants, une peau soignée, des cheveux parfumés, qui promenait à travers le monde des actrices et des danseuses.

« Et il est encore autre chose... », lui avait-on dit la veille.

Évidemment! Il devait être autre chose! Quoi? Cholet n'en savait rien. Mais c'était tant mieux. L'image n'en avait que plus d'attrait en se parant de mystère.

L'incendie était maîtrisé depuis six heures du matin. Un pompier qui restait en faction devant le hangar à demi brûlé donna à Jean les renseignements nécessaires. Autour d'eux, les grues déchargeaient un navire qui battait pavillon letton et qui était chargé de bois jusqu'à mi-hauteur de la cheminée.

S'il allait dire un petit bonjour à *L'Ane Rouge?* Lulu devait être couchée. Il se souvenait de son sein fluide. Il le trouvait émouvant, justement parce qu'il était mou et triste et que, malgré cela, Lulu le lui avait laissé prendre.

Des quais, il se dirigea vers le commissariat où le secrétaire le reçut avec sa bonne humeur habituelle.

« Rien d'intéressant. Deux vols domestiques. Une affaire d'avortement, mais il vaut mieux ne pas en parler maintenant, car il n'y a encore rien de précis. »

Est-ce que Lulu n'avait pas parlé de sa fausse couche?

« ... A propos... Layard, de *L'Ane Rouge,* me disait hier que vous l'embêtez souvent à cause de la musique...

— Vous le connaissez?

— C'est un ami. Vous seriez bien gentil si...

— Écoutez, Cholet. Un bon conseil : soyez prudent, mon vieux!

— Pourquoi?

— Pour rien. Soyez prudent.

— Il y a quelque chose sur le compte de Layard?

— Je vous dis seulement que, dans cette maison-là, il vaut mieux être prudent. Surtout le rédacteur d'un journal catholique!

— Vous connaissez Speelman aussi?

— L'impresario? Je le connais. Faites attention! »

Cinq minutes plus tard, Cholet passait dans la ruelle, s'arrêtait devant la porte de *L'Ane Rouge* et trouvait la clenche calée. Personne ne devait être levé, ou bien les habitants traînaient encore dans les chambres. Une vieille femme lavait le seuil du meublé voisin. Au bout de l'impasse, c'était la claire et bruyante perspective d'une grande artère.

Tout au fond de Cholet, il y avait une inquiétude qu'il feignait d'ignorer mais quand, à midi, il eut rédigé sa copie, il se résigna à la voir en face : il avait dépensé en deux jours son argent du mois. Il enrageait. C'était ridicule, mesquin, et il était décidé à aller le soir même à *L'Ane Rouge*.

Il prit un parti brusque, se rendit au bureau où son père était seul de midi à deux heures. Quand il en sortit, il éprouva le besoin de marcher vite et il fut longtemps sans regarder autour de lui. Il avait l'argent en poche : deux cents francs!

Mais il lui fallait oublier les détails de l'entrevue. Son père, assis devant son bureau près du guichet, mangeait des sandwiches en lisant le journal. La pièce était sombre, plus triste encore que le bureau de Léglise. Jean avait parlé avec volubilité.

... Ses confrères avaient profité du banquet pour l'enivrer... Ils lui avaient fait dépenser de l'argent... Maintenant il avait des dettes... Il fallait les payer... Deux cents francs...

Son père n'avait pas de barbe, comme M. Dehourceau, ni le nez en fraise. Il continuait à manger son sandwich et, contrairement à toute attente, comme c'était advenu avec le directeur, il n'éleva pas la voix.

« Attention, fils. »

Il avait ajouté :

« Tu es sûr qu'il n'y a pas une femme là-dessous? »

Et Jean, rougissant, avait affirmé, en pensant à Lulu et à son sein :

« Non!

— Tu devrais être très gentil avec ta mère. Elle a été malheureuse, dimanche, quand on a sonné à la porte, des gens que nous ne connaissions pas, parce que tu étais couché en travers du seuil... »

La scène ainsi décrite, simplement, dans l'atmosphère neutre du bureau, donnait à Cholet une impression de solennité comme les cathédrales que l'on voit en rêve. La voix du père continuait, feutrée par une bouchée de pain :

« J'ai eu très peur aussi. A certain moment, tu semblais mort... »

Il tira deux billets de cent francs de son portefeuille.

« Fais attention à ta mère. Cette nuit, quand tu es rentré, je lui ai dit qu'il était minuit... »

Cholet n'avait pas pleuré. Il avait embrassé maladroitement son père sur ses moustaches rêches qui sentaient le tabac. Il marchait vite et les pavés qui commençaient à être durcis par le gel résonnaient sous ses pas.

« Mais j'ai les deux cents francs! » se répétait-il.

Il fut un bon quart d'heure sans redresser la tête, puis il fredonna et enfin il se surprit à soupirer :

« Pauvres gens!... »

3

« Un instant. Je l'appelle... »

Cholet se tourna vers Gillon, poussa vers lui le téléphone.

« Ta fiancée! »

Ils disposaient chacun de la moitié d'une longue table et chacun avait sa lampe qui pendait à hauteur de la tête, si bien que le soir ils vivaient ainsi dans un cercle de lumière individuel. A droite de Cholet, il y avait la porte matelassée qui communiquait avec le bureau de Léglise et de Mlle Berthe. C'était l'heure de la Bourse. Le casque sur la tête, la sténographe écrivait à la volée des chiffres sur des feuillets tout préparés et Debras, le metteur en pages, les prenait un à un, se sauvait avec comme un voleur.

« Je ne sais pas, disait Gillon au téléphone. Je dois avoir auparavant une entrevue avec le préfet... »

Même au téléphone, il était correct et il

esquissait à vide un sourire grave d'homme qui sait ce qu'il doit penser. Ses manchettes étaient posées devant lui sur la table. Depuis un mois, il portait une visière verte pour travailler.

Il était quatre heures et demie. Il pleuvait. Dehors, la foule pataugeait dans la boue et les lumières des magasins s'étiraient à l'infini sur les pavés mouillés. Juste en dessous de Cholet, la rotative roulait à plein régime et pendant deux heures encore l'immeuble tout entier trépiderait au rythme de la machine.

Les gens qui venaient pour la première fois ne comprenaient pas dès l'abord cette vie des murs, des planchers, cette vibration des porte-plume, sur la table, et même des touches de la machine à écrire. Ils tendaient l'oreille à la rumeur régulière comme un ronron.

— Qu'est-ce que c'est ? »

On s'habituait. L'hiver, cela commençait à peu près à l'heure où l'on allume les lampes. De l'autre côté de la cour, on voyait s'illuminer les vitraux du bureau du patron. En bas, marchands et marchandes de journaux criaient, assis sur le seuil, sur l'appui des fenêtres. Debras passait et repassait, en longue blouse bleue, dérobant un à un les feuillets de la Bourse.

Il faisait chaud. Tout cela formait comme une pulsation générale un peu abrutissante parce qu'on n'y sentait plus ses propres pulsations.

« Si le patron me demande, fit Gillon en mettant ses manchettes, dis-lui que je suis chez le préfet. »

Cholet répondit par un grognement. Il était mou. Devant lui, il y avait une pile de livres aux pages non coupées, de formats imprévus. C'étaient les ouvrages dont ne parlait pas le critique littéraire, des comptes d'auteur pour la plupart, les Mémoires d'un commandant du 75e, les notes de voyage d'un médecin en Norvège, des vers, beaucoup de vers, ou encore des traités de jardinage ou de puériculture.

Sur chacun, il devait écrire quelques lignes. A côté s'étalaient les lettres de lecteurs qui, eux aussi, réclamaient un petit article sur une fête de gymnastique, sur une distinction méritée, un centenaire ou sur le déplacement indispensable d'un candélabre.

C'était la besogne de Cholet, mais il n'avait pas le courage de s'y atteler. Quand l'apprenti traversa les bureaux en tendant à chacun un journal encore humide, il n'y jeta pas un coup d'œil.

Il avait la fièvre. C'est dans sa tête que bourdonnait tout le vacarme de la rotative et chaque fois que Debras traversait le bureau avec ses feuilles de Bourse il tressaillait désagréablement.

Qui pourrait le comprendre? Personne! Si bien qu'il en était réduit à penser tout seul, âprement, dans son petit rond de lumière.

C'était arrivé tout autrement qu'il l'avait prévu. Et c'était mieux! Mais personne n'admettrait que c'était mieux.

Depuis une semaine, il allait chaque soir à

L'Ane Rouge. Il avait sa place sur la banquette à côté de Lulu, en face du vieux Doyen. Des habitudes étaient nées, comme celle de boire du cherry. Il payait en moyenne deux tournées. Layard en offrait une. Puis il partait en compagnie du pianiste qui ne parlait pas et qui le quittait toujours au même endroit précis, comme si tel pavé du trottoir eût été prévu pour cet office.

Chaque jour, Doyen donnait des nouvelles de sa vessie. Il parlait d'une voix funèbre, la même que pour ses couplets, qui mettait la salle en joie. Cela avait l'air d'un truc pour faire rire, comme la redingote trop large, mais ce n'en était pas un. C'était sa tête normale, sa voix normale. La redingote était trop large parce que, depuis sa maladie, il avait maigri de dix-huit kilos. Et ce n'était pas sa faute non plus si ses yeux surmontés de buissons gris étaient larmoyants.

Lulu écrivait beaucoup et Cholet n'avait pas encore osé lui demander à qui elle écrivait.

Quand il n'y avait pas de monde, certains jours de semaine, c'étaient des heures de calme intimité et parfois le pianiste lui-même abandonnait son estrade et venait s'asseoir à la table.

Il n'y avait que Layard à arpenter le cabaret, puis à ouvrir nerveusement la porte sur le froid de la nuit. Jean Cholet n'était pas très habitué à lui à cause, surtout, de ses yeux aux poches profondes qui lui donnaient un drôle de regard. Il semblait se moquer de tout le monde, se moquer férocement, haineusement, malgré sa bonne humeur tonitruante.

Quand, par exemple, il regardait Lulu, puis Cholet, puis encore Lulu, Jean était mal à l'aise comme si on lui eût dit des obscénités.

Pendant le tour de chant de Doyen, Cholet parlait bas à sa compagne.

« Je ne peux pas vous voir dehors?

— Je ne sors pas.

— Où, alors?

— Je ne sais pas. »

Et pourtant elle était gentille avec lui. Elle l'embrassait quand il arrivait et quand il partait. Elle se laissait caresser à la dérobée. Elle lui demandait même des nouvelles de sa famille, de son journal.

« Ils ne diraient rien, s'ils savaient que tu passes toutes tes soirées ici? »

Il vint une autre pensionnaire, la divette Lola, comme il était écrit sur les affiches. C'était une grande fille brune, qui louchait légèrement. Elle se faisait de petits suppléments en lisant dans la main des clients et elle passait des heures à se faire des réussites.

« Je ne peux pas monter chez toi? »

Tantôt Cholet tutoyait Lulu et tantôt il la voussoyait, selon l'heure et son humeur.

« Tu y tiens tant que cela? »

Layard les surveillait de ses petits yeux brillants et cernés. Or, la veille, c'était arrivé à l'improviste. Jean et Lulu avaient chuchoté plus longtemps que d'habitude. Cholet avait commandé une troisième tournée. Le pianiste, dont la femme était malade, était parti à minuit.

Jean ne se décidait pas à s'en aller. Layard allait et venait avec humeur et changeait l'ordre des chaises. Doyen sommeillait.

Soudain Layard avait grommelé en éteignant la moitié des lampes :

« Hop, mes enfants ! On va se coucher... »

Comme s'il eût été convenu que Cholet resterait là, il avait fermé la porte à clef. Il y avait eu un peu de flou dans le regard de Lulu.

« Bonne nuit !

— Bonne nuit ! » Elle était montée la première, avec Cholet, sur les talons. Il n'y avait pas l'électricité à l'étage, mais la chambre était éclairée faiblement par le reflet d'un bec de gaz de la rue.

On entendait les pas lourds de Doyen, puis la divette qui entrait dans sa chambre en fredonnant et s'asseyait sur le lit pour retirer ses chaussures.

Lulu faisait la couverture. Cholet n'osait pas se déshabiller. Les Layard passaient dans le corridor, entraient chez eux et, pendant une heure, on allait les entendre murmurer tandis que Doyen, qui ne dormait que deux ou trois heures par nuit, arpenterait sa chambre.

Lulu, toute habillée, s'était installée au bord du lit et son visage, dans l'obscurité, était couleur de lune.

« Viens t'asseoir ici... »

Il avait obéi. C'était étrange. Cela ne se

passait pas comme on imagine que ces choses-là se passent. Elle était très douce, très tendre. Et elle lui avait pris la main dans les siennes.

« Écoute... »

Il avait d'abord cru qu'il devait l'entourer de ses bras, l'étreindre. Mais elle s'était dégagée avec fermeté. On entendait la pluie tomber sur les pavés irréguliers de la rue. La divette était couchée. Dans leur lit, les Layard parlaient de leurs affaires, mais ce n'était qu'un chuintement continu.

« Non... Laisse-moi dire... Il ne faut pas... Enfin, pas ce que tu voudrais... »

Elle parlait bas, à cause de toutes les cloisons minces qui les entouraient. Elle gardait la main de Cholet dans les siennes, sur son genou dont il sentait la chaleur.

« Tu es trop gentil garçon... Tu peux rester ici... On s'arrangera en camarades... Mais il ne faut pas insister... »

Du coup, il était ému à en avoir la gorge serrée. Il ne savait pas pourquoi. Il ne reconnaissait pas sa compagne. Toute la maison s'imprégnait d'une mystérieuse grandeur. Dans l'ombre, elle parlait toujours, lentement, tout bas.

« Autant que je te le dise tout de suite, n'est-ce pas?... Je suis malade!... Oh! pas ce que tu penses... c'est moins grave... Mais enfin... Tu comprends?... »

Et il avait failli pleurer. Pleurer d'émotion, d'attendrissement, de désarroi! Juste à ce moment, elle l'avait embrassé sur la bouche, comme la première fois, un baiser profond, humide, insistant.

« Tu ne m'en veux pas? »

Il devinait dans l'ombre un sourire humble et contraint.

« Tu peux rester quand même... Il n'y a pas de danger... »

De temps en temps, on entendait les pas d'une ronde au bout de la ruelle.

« Couchons-nous, veux-tu? »

Elle n'avait gardé qu'une mince chemise. Elle était toute chaude. Elle nouait ses jambes à ses jambes et elle blottissait sa tête sur sa poitrine.

L'émotion, au lieu de fondre, s'épaississait. De sa place, contre le mur, Cholet voyait la fenêtre et les stries de pluie dans les rayons du réverbère. Le plancher craquait sous les pas de Doyen qui, pourtant, avait retiré ses chaussures. Et Lulu vivait, dans ses bras. Il avait des cheveux sur sa joue. Il était imprégné d'une odeur imprécise où des aigreurs persistaient malgré un parfum sucré.

« Layard le sait? questionna-t-il soudain en écarquillant les yeux.

— Oui.

— Et Doyen?... Et...

— Bien sûr. Tu ne m'en veux pas trop? »

La main de Lulu caressait sa poitrine nue et c'est à ce moment qu'il atteignit le summum de l'attendrissement, sans savoir pourquoi. Tout était transfiguré : la ruelle, la maison, Lulu elle-même et son corps maigre qu'il sentait contre

46

lui. Il se roulait le visage dans ses cheveux. Il en respirait l'odeur. Il disait :

« Ma pauvre chérie... »

Il avait bu, mais il n'était pas ivre, ou plutôt c'était une ivresse qui ne devait rien à l'alcool. Ils étaient là, tous les deux, dans une chambre obscure, au fond d'une impasse mal pavée et, à l'entour, il y avait le monde entier, des millions d'êtres, des machines, des rues, des paquebots, des patrons, des parents...

Il l'étreignait comme si l'on eût menacé de la lui voler et pourtant il ne la connaissait pas, il ne savait pas d'où elle venait, ni ce qu'elle pensait. Il disait des mots qui accroissaient encore sa griserie.

« Mon tout petit... Mon pauvre tout petit... »

Alors la divette qui louchait, pour le faire taire, avait frappé contre la cloison, et il n'avait plus rien dit.

Quand, vers sept heures, un peu de jour s'était faufilé par la fenêtre, Cholet avait aux lèvres le goût d'une autre bouche que la sienne. Le corps vide de nerfs, il s'était levé sans bruit, enjambant Lulu qui s'était retournée et avait balbutié quelque chose dans son sommeil.

Pour aller plus vite, il ne s'était pas lavé. Il avait remis ses vêtements. Dans le corridor, il s'était efforcé de ne pas faire de bruit, mais une voix, celle de Layard, s'était élevée dans une chambre, si forte que toute la maison l'entendit.

« La clef est pendue au clou, derrière le bar. Il n'y a qu'à la rejeter dans la boîte aux lettres. »

Il était si agité qu'il fut longtemps sans mettre la main dessus. Dans la rue, il avait envie de courir, délirant d'enthousiasme et de panique.

Il était trop tard pour reculer. Il entra chez lui, et du seuil, il vit au bout du corridor la cuisine éclairée et sa mère qui préparait le déjeuner. Son père devait être en haut, à s'habiller.

Tout pâle, il commença par retirer sa gabardine, se donna un coup de peigne devant la glace du portemanteau, puis il s'avança lentement vers cette odeur de café qui marquait chaque matin le retour à la vie.

« Bonjour, mère. »

Elle resta un moment en suspens, suffoquée par son calme, par son effronterie. Elle était petite, maigre et nerveuse. Soudain, elle le saisit au visage, des ongles plutôt que des doigts, et elle cria dans un spasme hystérique :

« Tu n'as pas honte? Tu n'as pas honte? Tu... »

La nappe était mise. Les couverts étaient en place, le pain coupé. Mais Mᵐᵉ Cholet s'écroulait sur une chaise, le front sur la table, et elle sanglotait, elle hurlait, son corps maigre agité de sursauts.

« Mère... Je t'en prie... Écoute... »

Il prévoyait qu'il allait s'abandonner aussi à ses nerfs. Il ne pouvait pas la voir pleurer de la sorte, tout comme s'il eût été le fils le plus dénaturé de la création.

« J'ai l'âge de... »

Ses oreilles brûlaient. Le chignon de sa mère dégoulinait dans son dos.

« Je t'en supplie... écoute-moi!... »

Il rougissait encore, dans son bureau, dans le vacarme de la rotative, en évoquant les détails de cette scène. Il y en avait de ridicules et d'odieux. Au moment même, tout paraissait tragique. On prononçait des mots terribles : *honte... mourir... tuer... tu viendras pleurer sur ma tombe...*

Mme Cholet en était malade, hoquetait, déchirait son tablier.

Son fils pleurait aussi. Ils pleuraient tous les deux, dans la cuisine où l'on oubliait d'éteindre la lampe, bien qu'il fît grand jour.

« J'aimerais mieux disparaître tout de suite que de voir mon fils devenir... »

N'avait-il pas pris un couteau sur la table et n'avait-il pas glapi quelque chose d'idiot, la menace de se suicider tout de suite? Elle s'était jetée sur lui. Elle l'avait maudit. Elle avait juré de ne plus le revoir.

M. Cholet était entré, rasé de frais, prêt à se rendre au bureau. Il avait saisi doucement les épaules de sa femme qui avait crié :

« Toi, je sais bien que tu vas tenir avec ton fils! »

Le père était triste et grave, mais il n'y avait aucune sévérité dans son regard, ni pour l'un ni pour l'autre. Il avait fait signe à Jean de s'en aller sans insister.

Sans doute la scène avait-elle duré longtemps

encore, entre les deux époux. Jean était arrivé trop tôt au bureau, les paupières endolories, et il s'était lavé au robinet du palier. Il n'était pas rentré déjeuner. Il avait mangé deux croissants au journal. A mesure que la journée s'écoulait, il se sentait plus vide, mais il n'avait déjà plus le même sentiment sur la scène du matin. Elle lui semblait moins dramatique, moins digne même. Il haussait les épaules à la pensée qu'il avait menacé de se tuer et que, très sérieusement, il avait parlé de ne plus mettre les pieds chez lui.

Il avait chaud. Des moiteurs de fièvre l'envahissait au moindre mouvement ou quand il pensait à certaines choses. A midi, dans la lumière neutre d'un jour de pluie, dans les bureaux vides où il restait seul avec Léglise, il s'était cru soudain très loin de *L'Ane Rouge* et de Lulu.

Mais depuis qu'on avait allumé les lampes, depuis que les murs vibraient sous les chocs répétés de la rotative, la fièvre le reprenait. Il revoyait certains décors, certains êtres avec une netteté qui tenait du cauchemar. Ainsi Layard dont, tout à coup, il avait peur, Layard à la voix tonitruante, à la gaieté commerciale, aux plaisanteries toujours les mêmes. Eh bien, ses yeux ne riaient jamais! Tout le reste riait. Les yeux non! Ils pétillaient, mais c'était de malice. Et sa femme, charnue et maternelle, ne s'intéressait en réalité qu'aux petits verres et aux soucoupes!

D'où venaient-ils? Que faisaient-ils au juste? Par quel concours de circonstances, dans quel but s'étaient-ils incrustés dans une ville qui ne pouvait les absorber?

Près d'eux, Cholet revoyait le pianiste pâle, plus que pâle, incolore, qui n'avait ni cils, ni sourcils, ni lèvres et qui regardait les gens de ses prunelles ternes en attendant l'heure de rejoindre sa femme malade.

« Vous allez avoir la bonne fortune d'entendre le maestro Duvigan dans ses œuvres... »

Il n'avait jamais parlé à Cholet. Peut-être même ne l'avait-il jamais regardé?

Debras traversait le bureau pour la dernière fois. La Bourse était finie. Mlle Berthe se levait et se campait devant la glace pour mettre son ridicule chapeau de velours.

« Vous êtes malade? questionna-t-elle.

— Moi? Non. Pourquoi demandez-vous cela?

— Je ne sais pas. »

Quelques semaines auparavant, tout le monde avait pensé qu'il y aurait quelque chose entre eux deux. Rien de précis. Plusieurs fois, Cholet était arrivé avant l'heure pour être seul avec elle dans le bureau du fond. Un autre jour, comme elle était fatiguée, il avait pris les dépêches Havas au téléphone. C'était tout. Ils ne s'étaient rien dit.

« A demain.

— A demain. »

Elle avait déjà de la rancœur! Un bonhomme pénétrait dans le bureau, un bossu qui remplissait au journal les fonctions imprécises d'économe. Il tendit à Cholet un cahier ouvert.

« Qu'est-ce que c'est?

— Lisez et signez. »

C'était nouveau. Jamais encore on ne s'était servi d'un cahier pour donner des instructions aux rédacteurs. Sous le titre « Note de service à la Rédaction », on lisait :

« Il est rappelé aux rédacteurs qu'ils ne peuvent s'absenter pendant les heures de travail sans en avertir le secrétaire de rédaction. Il leur est rappelé aussi que toute copie doit être remise avant midi à celui-ci qui, seul, est qualifié pour la transmettre aux machines. »

« C'est pour moi? ricana Cholet en écrasant un paraphe sur la page.

— Je n'en sais rien. »

C'était pour lui, évidemment! Depuis quelques jours, il apportait la chronique locale en retard, quand le secrétaire de rédaction était parti déjeuner. On ne lui disait rien. On lui avait à peine parlé de son ivresse et du scandale du banquet. Mais on s'entendait pour le surveiller. Léglise lui-même ne le regardait qu'avec une certaine gêne.

Tant pis! Ils ne pouvaient pas comprendre. Ni eux, ni personne! Seulement, il lui fallait trouver cent francs avant le soir. Il mit son chapeau, sa gabardine, s'arrêta au guichet de la caissière.

« Je dois dîner en ville, à cause d'une conférence. Je n'ai pas d'argent sur moi. Voulez-vous m'avancer cent francs? »

Il regardait ailleurs et prenait un air détaché.

« Merci. N'oubliez pas de me le rappeler. »

Dehors, il marcha vite. C'était l'heure où les rues étaient pleines de monde. Chez lui, il trouva ses parents déjà à table. Jamais la cuisine n'avait été aussi calme. M. Cholet était assis dans son fauteuil d'osier. Mme Cholet, en face de lui, devant une assiette vide, ne mangeait pas et elle avait encore les yeux rouges, le visage tuméfié. On sentait que depuis le début du repas ils n'avaient pas échangé deux phrases. Jean embrassa son père au front, comme d'habitude.

« Bonjour, fils. »

Il voulut embrasser sa mère, mais elle détourna la tête et il n'atteignit que des cheveux. Elle le servit néanmoins. On n'entendit plus que le bruit des cuillers et des fourchettes. Quand Jean eut mangé sa soupe, sa mère se leva et prit le plat de haricots qui chauffait sur le coin du feu. Le poêle ronflait, la pluie crépitait sur le toit de zinc de la cuisine.

Jean dîna en moins de dix minutes, repoussa le dessert, se leva tandis que sa mère se tournait lentement vers lui, prête à dire quelque chose. Mais ce fut le père qui parla.

« Tu sors?

— J'ai une conférence.

— Et toi, tu le laisses faire? »

Il n'en entendit pas davantage. Il était déjà dans le corridor, saisissait son manteau, son chapeau. Les voix lui parvenaient encore à travers la porte vitrée, mais il ne pouvait comprendre les paroles. La rue était déserte, le trottoir mouillé. Il marcha jusqu'au troisième bec de gaz avant de mettre sa gabardine et son chapeau. Il avait l'air de fuir.

4

C'ÉTAIT la première fois qu'il la voyait chapeautée, le corps serré dans un manteau brun qui lui moulait les hanches au point qu'on distinguait le jeu des muscles. Elle était toute petite au bord du trottoir, à regarder devant elle sans impatience, avec l'air de penser très loin.

Cholet s'approcha vivement et elle sursauta, sourit.

« Ah! c'est toi... »

Il était cinq heures. Depuis longtemps Jean insistait pour rencontrer Lulu en ville et son vœu était enfin exaucé. A leur gauche, dans l'obscurité piquée de lumières, c'étaient les quais, le port; à droite, les rues illuminées de la ville.

« Où veux-tu que nous allions?

— Cela m'est égal. »

Il était surpris de la trouver si petite fille. A *L'Ane Rouge,* elle portait une robe en soie verte de coupe audacieuse, mais ici elle enfonçait ses mains non gantées dans les poches d'un manteau sans forme et sans couleur. Ses souliers noirs avaient les talons tournés et son petit chapeau de feutre laissait échapper quelques cheveux roux. Telle quelle, sur le trottoir, elle donnait l'impression d'un être impersonnel que le courant de la rue emportera à son gré.

« Il faut que j'achète des bas », dit-elle quand il passa le bras autour de ses épaules.

Elle était vraiment petite, au point qu'il devait se pencher en marchant. Mais cela n'avait pas d'importance, ni que ses vêtements fussent aussi quelconques. Au contraire! Il en était touché, comme il était touché de sa docilité. Au risque de rencontrer des gens de *La Gazette de Nantes,* il se dirigea vers les rues du Centre et quand, près d'un étalage, il voyait Lulu tourner la tête, il s'arrêtait.

« C'est bien convenu comme je t'ai dit hein, n'est-ce pas, Jean? J'ai des courses à faire, mais c'est pour moi. Nous sommes des camarades et je ne veux pas que tu m'offres quelque chose. »

Jamais il n'avait traversé la ville avec une femme au bras et cela le surexcitait. Il entra avec Lulu dans un magasin où il la vit tâter des bas, discuter les prix.

« Vingt francs, c'est trop cher. »

Elle allait d'un rayon à l'autre, s'arrêtait avec convoitise devant les pyjamas de soie. Il se promit :

« Je lui en offrirai un pour ses étrennes! »

Quand ils reprirent leur route, elle avait un petit paquet suspendu à l'index par une ficelle rouge.

« Veux-tu que nous allions boire un verre? »

Tout cela était nouveau, agréable, un peu déroutant. Ils s'installèrent au café de la Paix où l'orchestre, à cette heure, jouait des airs d'opérette. Les vitres étaient embuées. Lulu but du chocolat et mangea deux gâteaux après avoir dit :

« Tu permets? »

Elle lui avait confié que Layard lui donnait vingt-cinq francs par jour, lui en reprenant vingt-deux pour la pension, de sorte qu'il lui restait trois francs. A plusieurs reprises, il était retourné dans sa chambre, mais il était reparti vers trois heures du matin, à cause de ses parents.

« Layard n'essaie pas de coucher avec ses artistes?

— Cela dépend. »

L'air était tiède comme un bain, vibrant de musique, avec la note joyeuse des verres et des soucoupes qui s'entrechoquaient.

« Et avec toi?

— Je lui ai dit que je suis malade.

— Et Speelman?

— Pourquoi me demandes-tu toujours la même chose? »

Il était rouge d'impatience. Il insistait. Chaque fois qu'il lui parlait de Speelman, elle se dérobait, ou bien faisait des réponses évasives.

« Dis-moi la vérité. Tu as couché avec Speelman?

— Je ne sais plus. Parlons d'autre chose. »

— Où l'as-tu connu?

— A Constantinople. Il était en tournée et il m'a embauchée pour chanter à Alexandrie et au Caire.

— Pourquoi Layard et les autres l'appellent-ils le patron?

— Ne t'occupe pas de cela. Déjà six heures! Je vais rater le dîner... »

Dans la rue, ils marchèrent plus vite.

« Tu viendras ce soir? demanda-t-elle.

— Oui.

— Je suis contente! Quand tu n'es pas là, je m'ennuie tellement! Je te montrerai une nouvelle robe que je viens de faire... »

Elle s'arrêta au coin de la rue. Il aurait pu entrer avec elle à *L'Ane Rouge*. Ils n'avaient pas à se cacher. Pourtant il préféra la quitter ainsi furtivement. Elle se souleva sur la pointe des pieds pour l'embrasser et s'enfuit en sautillant vers l'enseigne qu'on venait d'allumer.

Pourquoi, en la regardant s'éloigner, Cholet eut-il la certitude que cette promenade-là restera it dans sa mémoire? Cela lui arrivait de temps en temps. Sans raison apparente, son cœur se gonflait, les larmes lui montaient aux yeux et il lui semblait qu'il vivait des moments inoubliables.

Tout le long du chemin, en rentrant chez lui, il ne vit rien, que des lumières et des ombres mouvantes. Il pensait au petit paquet ficelé de rouge, à Lulu qui attendait en regardant rêveusement par terre, à Constantinople, au Caire, au manteau miteux.

La rue qu'il habitait était déserte, mais quelque chose d'anormal le frappa et il fut un moment sans pouvoir préciser ce que c'était. Il y avait de la lumière, chez lui, au premier étage, et aussi de la lumière en bas, dans le salon où l'on n'entrait jamais. Inquiet, il ouvrit la porte, vit du premier coup d'œil qu'il n'y avait personne dans la cuisine.

« Mère! » appela-t-il avec une pointe d'angoisse.

On bougea, là-haut. Une ombre se pencha sur la rampe.

« Chut!... »

Il gravit les marches en courant. Sa mère était sur le palier, avec la tante Léopoldine qu'il n'aimait pas et qui l'embrassa comme on embrasse aux jours de malheur.

« Le docteur va sortir... C'est ton père... »

Mme Cholet reniflait, se tapotait le nez d'un mouchoir roulé en boule, mais Jean la voyait mal car le palier n'était pas éclairé. On ne distinguait qu'un rai de lumière, sous la porte de la chambre, et le point lumineux de la serrure.

Il fut sur le point d'entrer, car il était pris de panique. Il serra le bras de sa mère.

« Qu'est-il arrivé?

— Je ne sais pas. On l'a ramené dans une voiture d'ambulance. Il paraît que ça lui a pris place de la République... »

Et Jean voyait la voiture d'ambulance s'arrêter devant la maison, dans la rue paisible. Il imaginait son père dans la foule, les gens qui couraient, formaient cercle, le sergent de ville. C'était tout près du café de la Paix, où il mangeait des gâteaux avec Lulu.

Enfin la porte s'ouvrit et le docteur Matray fit signe d'entrer sans bruit. L'odeur d'éther prenait à la gorge. On avait attaché un carton à l'abat-jour pour empêcher la lumière de tomber d'aplomb sur le lit.

M. Cholet souriait. Il avait le visage un peu gonflé, surtout sous les yeux. Ses mains étaient immobiles et molles sur la couverture. Mais il souriait à Jean, à sa femme, surtout à Jean, d'un sourire las qui demandait pardon.

« Ce n'est rien... », souffla-t-il.

Alors Jean, brusquement, éclata en sanglots, se jeta en avant de toutes ses forces, roula sa tête sur la poitrine de son père. Il avait mal à en crier. Il ne pouvait pas le voir là, immobile. Cela avait quelque chose de monstrueux, d'inhumain.

« Fils!... fils!... fils!... » disait son père pour le calmer.

Et le docteur le tirait par la manche afin de dégager le malade. Mme Cholet pleurait aussi, au pied du lit, et la tante Léopoldine mettait de l'ordre dans la chambre.

Jean se redressa, le visage baigné de larmes, le nez mouillé. Il avait les yeux tout près des joues râpeuses de son père et il vit bien qu'il y avait deux larmes aussi dans le coin des paupières.

« Fils... », répéta M. Cholet en souriant.

Il avait dû avoir peur. Cela avait été atroce là-bas, place de la République, quand il avait senti ses forces l'abandonner et qu'il avait glissé sur le trottoir, parmi les jambes des passants !

C'est pour cela qu'il souriait ! Maintenant, il était chez lui ! Il n'était pas mort dans la rue ! Jean était là !

« Ne le fatiguez pas..., dit le docteur. Ce ne sera rien. La crise est passée. Mais il faut le repos absolu...

— Viens, Jean..., murmura Mme Cholet. Tu monteras quand tu auras dîné. Tu descends, Poldine ? »

Jean avait besoin de rester avec son père, ne fût-ce qu'un instant, il ne savait pas pourquoi. Il n'avait rien à lui dire. Le docteur s'essuyait les mains, prenait congé du malade.

« Cinq gouttes toutes les heures, pas plus », recommanda-t-il.

La porte se referma. Jean ne pleurait plus mais souriait aussi, d'un sourire qui ressemblait à celui de son père, un sourire de délivrance. Ils avaient eu trop peur. Ils étaient sauvés !

« Cela a été un coup pour ta mère... »

Sûrement que Cholet parlait sans penser à ce qu'il disait. Il regardait Jean avec une avidité joyeuse et sa pomme d'Adam se gonflait, ses yeux s'embuaient à nouveau. Les lèvres s'étirèrent drôlement pour dire :

« Je n'espérais plus... »

Il n'acheva pas. Il lui fallait serrer les

mâchoires pour ne pas sangloter. Puis peu à peu il reprit son calme, son sourire.

« Va manger, maintenant. Ta mère t'attend

— Je n'ai pas faim.

— Va. Il faut que je me repose. »

Les deux femmes étaient à table, dans la cuisine. La tante Poldine racontait comment son premier mari était mort.

« Le docteur t'a parlé? demanda Jean à sa mère.

— Il vient seulement de sortir. Il paraît que la crise aurait pu être mortelle. A présent c'est passé, mais on doit s'attendre à une autre crise, dans quinze jours ou dans un an...

— Père le sait?

— Matray a voulu lui faire croire qu'il pouvait encore vivre dix ans et il n'a pas répondu. Moi, je suis sûre qu'il connaît son mal... »

Mme Cholet pleura, la bouche pleine.

« Et toi qui en profites pour me faire autant de peine que tu peux! ajouta-t-elle.

— C'est vrai, Jean! intervint la tante. Ta mère m'a tout raconté. Je ne comprends pas qu'un garçon comme toi...

— Suffit! articula-t-il en la regardant durement.

— Tu l'entends, Poldine? Voilà comment il me parle aussi, à moi, sa mère! Il rentre à des quatre heures du matin. Son père le laisse faire, m'empêche même de le gronder. C'est cela le fils sur qui je devrais compter si je devenais veuve... »

C'était odieux, ce mélange de larmes, de cuisine, de quiète atmosphère et de relents d'éther. Jean feignit de ne plus rien entendre, mangea farouchement, les coudes sur la table. Quand il se leva, sa mère dit :

« J'espère que tu ne sors pas ce soir ? »

Il s'en alla en répondant par un grognement. Son père, tout seul dans la chambre, ne dormait pas et regardait le plafond.

« Tu as déjà mangé ? s'étonna-t-il. Ta mère pleure, n'est-ce pas ? Mais si ! Je l'entends d'ici. Et la tante Poldine doit en profiter pour pleurer avec elle... »

Il avait sa voix normale, en un peu plus faible. Il respirait régulièrement, comme un homme pour qui c'est un exercice important et il évitait le moindre mouvement.

« Tu peux fumer », dit-il.

Et, voyant Jean hésiter :

« Le docteur me l'a défendu, mais si tu fumes, je sentirai l'odeur. Il y a des cigarettes dans mon veston. »

Jean trouva le veston qui était taché de poussière et dont on avait arraché un bouton sans doute quand on s'était précipité sur le malade et qu'on avait voulu lui donner de l'air. La moitié des cigarettes du paquet étaient brisées.

« Tu n'as pas de conférence, ce soir ?

— Non. »

Et Jean rougit, car il comprenait que son père lui tendait la perche. Il était chargé du compte rendu des conférences qui avaient lieu au moins une fois par semaine mais depuis un mois il n'y allait plus. Le lendemain matin, il téléphonait à son confrère de *L'Ouest-Éclair* pour lui demander des renseignements ou même il faisait son compte rendu d'après le titre.

L'odeur de tabac se mêlait à celle de l'éther. Jean s'était assis sur une chaise, près du lit, et il entendait les deux femmes qui rangeaient la vaisselle.

« Tu as de l'argent ?

— Pourquoi ?

— Je ne sais pas. Il y a bien une semaine que je ne t'ai pas vu au bureau. »

Jean détourna la tête, parce que son père avait un sourire indulgent qui l'humiliait. C'était vrai ! Il était resté quelques jours sans avoir recours à sa bourse, mais il ne dépensait pas moins pour la cause. La fin du mois était arrivée. Les rédacteurs avaient été augmentés de cent francs et Jean avait gardé ce supplément sans en parler chez lui.

« Tu devrais faire plus attention à ta mère. Elle ne peut pas comprendre. Elle se fait du mauvais sang pour rien. »

M. Cholet était beaucoup plus beau ainsi que dans la vie courante. Il avait un grand front dégarni et, sous les moustaches, les mêmes lèvres sinueuses que Jean. L'ensemble n'était pas gâté par ses vêtements toujours neutres, ni par le col trop droit, la cravate toute faite.

« Tu veux me donner mes gouttes? Cinq, dans un demi-verre d'eau. »

Il y avait entre eux une familiarité simple, un amour sans effusions. Jean restait parfois trois jours sans voir son père, qui partait avant lui le matin et qui ne rentrait pas à midi. Quand il l'embrassait, c'était au front, distraitement.

« Bonsoir, père.

— Bonsoir, fils. »

C'était tout. Depuis l'incident du banquet, ils n'avaient parlé de rien et pourtant ils étaient d'accord.

Jean comptait les gouttes qui troublaient l'eau comme du Pernod. Il aida son père à se soulever et sentit sa nuque chaude et moite.

« Matray dit que dans deux jours je pourrai me lever et sortir. Ces crises-là, c'est tout ou rien. Du moment que c'est passé, cela ne laisse guère de traces... »

Les femmes étaient dans l'escalier. La porte s'ouvrit. La tante Poldine apportait un ouvrage de couture.

« Pourquoi fumes-tu?

— C'est moi qui le lui ai dit.

— Naturellement! Prends la bergère qui est dans la chambre à côté, Poldine. »

Le charme était déjà rompu, l'intimité s'était dissipée. Tandis que M. Cholet se recouchait après avoir bu sa potion, il échangea un regard avec Jean, un regard qui n'était pas plus appuyé

65

qu'un autre, et pourtant tous deux comprirent, se sentirent complices. La tante Léopoldine commençait :

« Moi, à la place de ton mari, je sais bien que j'irais me reposer un mois dans le Midi.

— Et l'argent ? » riposta Mme Cholet.

La tante avait trois maisons, elle ! Elle allait à Lourdes chaque année !

« On en trouve toujours quand il s'agit de sa santé ! »

Jean ne s'asseyait plus. Le dos au mur, la tête vide, il regardait vaguement devant lui. L'émotion avait fondu. Le drame n'était plus que du passé. Il se souvenait à peine d'avoir pleuré.

Il remarquait des détails qui ne l'avaient jamais frappé, comme le mauvais goût de la tapisserie et la pauvreté des rideaux qu'on avait élargis en y cousant des bandes de tissu supplémentaires quand, cinq ans plus tôt, on avait déménagé.

« Tu te sens mieux ? Cela ne te fatigue pas que nous parlions ?

— Non.

— Tu dis un petit non. Veux-tu quelque chose ? Une bouillotte aux pieds ? Il y a de l'eau chaude dans la cuisine.

— Merci. »

Et la tante Léopoldine, qui avais mis ses lunettes, expliquait :

« Ce qu'il y a de terrible, avec les hommes, c'est qu'ils ne veulent pas se soigner. Il est vrai que dans une maison il vaut mieux que l'homme soit malade que la femme, car quand la femme est au lit, c'est la fin de tout!

— Moi, dit sa sœur, je n'ai gardé le lit qu'à la naissance de Jean... »

Celui-ci regardait par terre. Il entendait la respiration appliquée de son père et peu à peu renaissaient des images de l'après-midi, surtout Lulu quand elle l'attendait, patiente et rêveuse, au bord du trottoir.

Elle avait acheté des bas à treize francs cinquante. Deux paires! Cette promenade l'avait mise en gaieté. Elle sautillait en marchant à son côté à travers la ville. Et comme elle avait dit drôlement :

« Ce soir, je te montrerai la robe que je me suis faite! »

Il y avait un réveille-matin sur la table de nuit, près des fioles et du verre vide. Il marquait neuf heures et demie. C'était l'heure où elle se faisait une beauté, parce que Layard allait réciter :

« La charmante divette Lulu d'Artois, des principaux cabarets de Montmartre, dans son répertoire! »

Et Doyen, qui avait les mêmes lunettes d'acier que la tante Léopoldine, profitait de cet instant de répit pour lire *L'Intransigeant* arrivé par le dernier train. Qu'est-ce que Lulu penserait en ne voyant pas Jean?

« Ne reste pas debout comme cela », dit Mme Cholet.

Elle penserait peut-être qu'il était déçu de

l'avoir vue en ville, hors de son milieu. Car elle était sensible aux nuances. Plusieurs fois il avait été surpris qu'elle devinât ses pensées qu'il ne s'avouait pas lui-même. Sa mère aussi! Mais sa mère exagérait, et c'était toujours en mal!

« Assieds-toi. Prends un livre. Si tu crois que je ne sais pas où tu veux en venir... »

Il soupira, s'assit pour éviter une scène, surprit le regard de son père qui cherchait le sien.

« Pourquoi veux-tu que Jean reste ici?

— Pourquoi? »

Mme Cholet en suffoquait.

« Mais parce que tu es malade! Ce serait le bouquet qu'il aille retrouver ses sales femmes quand son père a failli... »

Elle se tut. La tante Poldine ajouta, une aiguillée entre les lèvres :

« Mon fils, qui est pourtant avocat, n'est jamais sorti le soir avant d'avoir vingt et un ans.

— Il n'était pas journaliste! » répliqua Jean, crispé.

Il s'en voulut. Cela ne faisait qu'empoisonner l'atmosphère, qui était déjà assez morne. C'était la première fois que Lulu insistait pour le voir et elle avait peut-être ses raisons. Qui sait? Elle croirait qu'il rompait à cause de Speelman, par jalousie!

« Tu n'as pas froid? » demanda Mme Cholet à son mari.

Elle cousait aussi. Elles étaient toutes deux sous la lampe, les deux sœurs, la tante Léopol-

68

dine qui avait les cheveux blancs et Mme Cholet qui paraissait à peine quarante ans. Elles avaient les mêmes traits fins, la même chevelure abondante, la même poitrine sèche, mais surtout il y avait de commun une tristesse latente, comme organique, un même air accablé par le sort.

« Jean, appela M. Cholet dont les mains, sur la couverture, se décroisèrent.

— Père?

— Pourquoi ne vas-tu pas à la réunion dont tu m'as parlé hier? »

Il ne regardait pas. L'aiguille de Mme Cholet resta en suspens.

« Quelle réunion? questionna-t-elle.

— La réunion du Syndicat des Journalistes, dit vivement Jean à tout hasard.

— Pour les augmentations que vous obtenez!... »

Elle fit trois points à l'ourlet qu'elle maintenait entre deux doigts.

« A quelle heure est-ce?

— A dix heures. Il y en a qui ne sont pas libres avant. »

Et M. Cholet décida :

« Il est temps que tu partes. »

Jean n'osait pas encore se lever.

Il ne craignait pas tant la colère de sa mère que de paraître lâche aux yeux de son père et aux siens.

« D'ailleurs, je vais dormir. Je voudrais qu'on éteigne. »

Dix heures moins vingt! Lulu chantait, mais il

n'y avait encore que cinq ou six personnes dans la salle et c'était surtout Layard qui soulignait ses couplets d'applaudissements et d'exclamations enthousiastes, car cela s'entendait du dehors. Les gens qui passaient, hésitant, avaient l'impression qu'on s'amusait à l'intérieur et ils entraient.

« Un ban pour notre excellente camarade qui l'a bougrement mérité!... Un!... Deux!... Trois!...

— Bonsoir, père. »

Il s'était approché humblement du lit, embrassait le front humide de son père. Il aurait bien voulu lui dire quelque chose, mais il ne savait pas quoi. Pudiquement, comme il eût fait avec une femme, il s'arrangea pour lui toucher la main. Ce ne fut qu'un contact furtif. La main du malade était moite.

« Bonsoir, fils. Ne rentre pas trop tard.

— Je l'espère, fit une voix en écho. Il n'aura quand même pas le culot, aujourd'hui... »

Jean embrassa sa mère dans les cheveux qui couvraient les tempes.

« Bonsoir. »

Il n'embrassa pas sa tante. C'était plus fort que lui. Dans la rue, où ses pas résonnaient, il marcha lentement d'abord, puis plus vite. L'horloge lumineuse de l'église, celle qu'il voyait depuis son enfance, car il avait toujours habité le même quartier, marquait dix heures.

Alors, soudain, il s'élança, moitié marchant, moitié courant, car Lulu devait croire qu'il ne viendrait pas. Il franchit les ponts, tourna à droite, s'arrêta un instant pour souffler au coin de la ruelle où elle l'avait quitté. Il apercevait des ombres derrière la vitre, entendait le martèlement du piano et la voix caverneuse de Doyen qui chantait *Le Pantalon réséda*.

Plus près, sur le globe de verre dépoli, se détachait le mot « Hôtel » et au-delà de *L'Ane Rouge* clignotait cette lanterne honteuse dont il n'avait jamais osé s'approcher.

Derrière lui, à moins de cent mètres, c'était la place de la République, presque silencieuse. Mais parmi la foule, vers cinq heures et demie, il y avait eu un remous...

Il eut un vertige, un recul instinctif, puis il mit la main sur le bec-de-cane dont la corne poisseuse lui était familière.

« Entre mon vieux! Sois souple et discret comme un courant d'air! » cria Layard qui répétait vingt fois par soirée la même phrase.

Sur l'estrade, un Doyen lugubre attendait qu'il fût assis pour commencer une autre chanson et le pianiste avait ses longs doigts suspendus au-dessus des touches.

« Pardon... Pardon, monsieur... »

Les tempes battantes, Jean se glissait entre les tables. Lulu le regardait venir. A côté d'elle, à la place qui était la sienne, il y avait un homme au nez de travers que Cholet n'avait jamais vu et qui parlait bas sans s'occuper de ce qui l'entourait. Jean non plus n'était pas attentif à l'instant qu'il vivait et pourtant il entendit nettement, bien que ce fût à peine murmuré, Lulu qui disait à son compagnon :

« C'est lui ! »

5

IL était un peu plus de dix heures quand on remarqua que le pardessus d'un client qui entrait était presque blanc : l'humidité et le froid avaient mis une aigrette au bout de chaque brin de laine.

Layard, d'autre part, tendit plusieurs fois l'oreille, car il y avait quelque chose d'anormal dans la rumeur de la ville. C'était à croire que tous les klaxons donnaient à la fois, et les trompes aiguës des vieilles voitures, et les sonneries des tramways. A dix heures et demie, la sirène du port emplit le fond de l'espace de sa clameur.

Des clients entraient encore, un couple. La femme riait, surexcitée, en se tournant vers la rue. Les consommateurs les plus proches se levèrent pour aller voir.

La ville était plongée dans un brouillard comme on ne se souvenait pas d'en avoir vu. La rue n'était plus une rue. Il n'y avait plus de trottoirs, de maisons de l'autre côté, ni même de candélabres, plus rien qu'une matière opaque, dans laquelle, soudain, on entendait des voix et d'où émergeaient des fantômes.

« C'est de la glace », remarqua quelqu'un en montrant sa manche qui se couvrait de gouttelettes blanches.

C'était curieux, un peu effrayant. A moins de cent mètres, sur la place désormais invisible, cinquante autos peut-être cornaient à la fois, roulant en aveugle à l'extrême ralenti. Doyen lui-même vint sur le seuil. Layard enchaîna avec des plaisanteries. A onze heures, un nouveau client annonça que tous les tramways s'étaient arrêtés et que les taxis avaient dû renoncer à circuler.

A cause de ce phénomène, *L'Ane Rouge* offrait une physionomie particulière. Les gens étaient plus animés. Le brouillard était prétexte à s'interpeller d'une table à l'autre. Les hommes affirmaient à leur compagne qu'il faudrait rester là jusqu'au matin et brodaient sur ce thème des plaisanteries à l'infini.

Jean Cholet, comme les autres, était allé voir la rue pleine d'une matière laiteuse, puis il s'était rassis à sa place, face à Lulu et à son compagnon.

« C'est Gybal, un ami de Speelman », lui avait-elle annoncé.

Cholet n'était pas à son aise et plusieurs fois, il se demanda ce qu'il y avait d'anormal. L'air était surchauffé, comme d'habitude, mais, quand la porte s'ouvrait, un souffle glacé passait sur les nuques.

Il y avait autre chose, autre chose même que la présence de Gybal, peut-être le fait que l'assistance était bruyante, excitée par l'idée qu'elle assistait à un événement dont on parlerait longtemps? On n'écoutait pas les artistes et Layard qui circulait entre les tables fronçait les sourcils.

Jean était inquiet, avait parfois de ces frissons qui annoncent une maladie. Lulu s'apercevait de sa mauvaise humeur et le regardait avec étonnement.

« Tu n'as pas mis ta nouvelle robe? »

Il se souvenait très bien de leurs derniers instants d'entretien, au coin de la rue. Elle lui avait demandé de venir pour voir sa robe, et cela l'avait attendri au point qu'il y avait pensé dans la chambre de son père.

« Je n'ai pas eu le temps. Gybal était ici. »

Il était grand et fort, ce Gybal, bien habillé et il avait un visage sain, une peau fraîche d'athlète. Jean retrouvait en lui quelque chose d'indéfinissable qui l'avait frappé chez Speelman. Par exemple, il avait beau se raser, lui, aussi soigneusement que possible, il n'obtenait pas ces joues régulières et mates! Il regardait ses mains trop fortes et trop osseuses, puis les mains du compagnon de Lulu, des mains aux doigts longs, aux ongles manucurés et il en était humilié, comme de la chemise de soie, du nœud de cravate, parce qu'il se sentait incapable d'atteindre à ce raffinement. Peu importaient les détails en eux-mêmes. Près de l'homme, il se voyait gauche et pauvre.

« Qu'est-ce que vous prenez? » demanda Gybal.

Il ne s'intéressait pas au public qui grouillait dans la salle. Il avait l'habitude, fumait un cigare dont il roulait de temps en temps le bout mouillé entre ses lèvres.

« J'ai soupé hier avec Speelman qui m'a parlé de vous. Il vous fait ses amitiés. »

Jean apercevait le profil anémique du pianiste qui, seul, n'avait pas eu la curiosité d'aller voir le brouillard. Layard mit la main sur l'épaule de Cholet.

« On t'a présenté? Un chic type, tu verras! »

Et le temps passait lentement, plus lentement que d'habitude. Doyen vint s'asseoir en soupirant :

« Avec ce temps-là, ils seront encore ici à deux heures du matin! »

Car les gens ne s'en allaient pas. Ils attendaient de voir le brouillard se dissiper. Malgré le piano, on percevait le bruit de la sirène qui remplissait la calotte du ciel.

« Lulu m'a dit que vous êtes journaliste. »

Gybal voulait être aimable, mais Cholet n'arrivait pas à le regarder avec bienveillance. L'aiguille avançait par saccades sur le cadran émaillé de l'horloge. Minuit. Minuit cinq.

Il faillit partir car, chez lui, on ne devait pas dormir. Il s'était promis de ne faire qu'un saut jusqu'à *L'Ane Rouge* pour embrasser Lulu et il ne l'avait même pas embrassée, il ne lui avait rien dit.

« On remet ça ? Patronne ! La même chose !

— Rien pour moi ! » dit Lulu.

Les coudes sur la table, le visage près de celui de Cholet, Gybal, en parlant, montrait de belles dents.

« Un chic métier ! Surtout qu'on se fait des relations. Vous devez connaître tout le monde, à Nantes...

— Tout le monde. »

On voulait le flatter. On le poussait à boire. Il y avait une sorte de complot et la preuve c'est que Layard, d'un coin ou l'autre de la salle, les observait sans cesse. De temps à autre, il venait poser les mains sur les épaules de Cholet.

« Ça va ? »

Et Gybal battait des cils comme pour dire :

« Ça va ! Laisse-moi faire... »

Après le troisième verre, Jean pensait :

« Vous croyez que vous allez me soûler et que vous ferez de moi ce que vous voudrez. Mais je vous observe ! Je vous vois venir ! »

Il affectait de ne pas regarder Lulu qu'il considérait comme responsable. Elle non plus n'avait pas son air habituel. A croire qu'elle avait été grondée ! Ne s'avisa-t-elle pas, quand on servait un quatrième verre, d'étendre le bras en disant :

« Non, Jean ! Attention...

— Donne !

— Tu vas encore être malade.

— Tant pis.

— Les femmes sont toutes les mêmes »,
plaisanta Gybal.

Que lui voulait-on ? Car on lui voulait quelque
chose. C'était de plus en plus sensible. Tout le
monde semblait de connivence. Le vieux Doyen
regardait Cholet avec de petits yeux vifs et
curieux. Layard en oubliait de pousser les clients
à la consommation. Le pianiste lui-même lançait
des regards furtifs vers la table.

« La porte ! » entendait-on crier de temps en
temps.

Car, dès qu'elle était ouverte, c'était à n'y pas
tenir, tant le contraste entre le chaud et le froid
était violent. La grande vitre était blanche
comme du verre dépoli.

« Vous allez souvent à Paris ?

— Rarement.

— La prochaine fois, on s'arrangera pour
dîner tous les trois, avec Speelman. Il sera
enchanté. C'est un type !... »

Ah ! si Speelman eût été là lui-même ! Mais
Cholet se méfiait de son ami. Il le détestait. Il
buvait en se disant :

« On verra qui sera le plus malin ! »

Il enrageait contre Lulu qui laissait peser sur
lui un regard triste et réprobateur. A certain
moment, il trouva une méchanceté à lui dire et il
fut incapable de se retenir.

« Ce n'est pas la peine de me faire cette tête-
là ! Si je n'avais pas bu, je ne serais jamais venu
ici ! »

Elle faillit pleurer. Gybal rit bruyamment.

« C'est ma tournée, madame Layard!

— La même chose? »

Minuit vingt. Il fallait partir. Sa mère devait être furieuse et elle était capable de faire une scène à son mari, tout malade qu'il fût.

« C'est ta faute! Tu as voulu qu'il parte et voilà sa conférence qui dure la moitié de la nuit! »

Il avait si chaud que son veston le gênait aux entournures et que sa peau picotait. Cela tenait à son sang trop léger qui, à la plus petite contrariété, affluait à la peau, en plaques rouges, et provoquait des démangeaisons.

« J'ai besoin de respirer un bon coup.

— Tu vas te refroidir », dit Lulu.

Il haussa les épaules et se dirigea vers la porte. Au bord du trottoir, il s'exalta en regardant le brouillard qui centuplait le mystère de la ville. Dans le dos, il avait la musique de *L'Ane Rouge,* les rires et les conversations. En même temps, il évoquait le port, la sirène, les bateaux glissant sur l'eau invisible, les gens, le long des rues, avançant à tâtons. Lulu surgit tout près de lui et lui prit le bras.

« Viens, Jean? Tu es en train de prendre froid.

— Pourquoi ne m'as-tu pas embrassé? »

Il ne l'avait jamais vue si petite. Elle lui arrivait à peine à l'épaule. Elle se haussa sur la pointe des pieds et posa sa bouche sur la sienne, mais cela ne lui fit aucun plaisir.

« Il a fallu que je te le demande », grogna-t-il.

A son insu, il prenait un peu des allures dégagées et des intonations de Gybal.

« Qu'est-ce qu'il me veut, ce type-là?

— Je ne sais pas. Pourquoi demandes-tu ça? »

Il rit silencieusement et poussa la porte. Layard était penché sur l'épaule de Gybal. A la vue du couple, ils se séparèrent. Des clients se tenaient sur le seuil comme au bord de l'eau, avec l'angoisse de plonger dans le brouillard.

Ils commencèrent pourtant à partir. Il était une heure. L'air était toujours aussi épais. Seul un groupe de voyageurs de commerce ne parlait pas de s'en aller et le pianiste continuait pour eux, à plaquer des accords indifférents.

« Si l'on prenait une bouteille de champagne? proposa Gybal.

— Cela m'est égal. »

Doyen était toujours là. Il y resterait jusqu'au moment où tout le monde irait dormir, par habitude. Mais il ne parlait pas. Sans doute n'écoutait-il pas? Il se contentait d'attendre.

Lulu ne s'était pas réinstallée sur la banquette mais elle avait apporté une chaise près de Jean. Quant à Layard, qui n'avait plus rien à faire, car les voyageurs s'amusaient sans lui, il continuait néanmoins à circuler, ne faisant que de rares apparitions à la table.

« Vous êtes bien introduit à la mairie?

— Parbleu! ricana Cholet. Si vous trouvez à Nantes quelqu'un de mieux introduit que moi... »

Lulu s'impatientait, remuait les pieds sans raison. C'était énervant. Il le lui dit.

« Reste donc tranquille ! »

Il avait sa voix d'ivresse. Il était sûr de lui, méprisait et plaignait tout le monde.

« Je suppose que vous y allez souvent ?

— Tous les jours. Je glane des informations dans les bureaux, par-ci par-là. Tous les employés me connaissent et ont peur de moi.

— Ah ? »

Gybal avait un sourire émerveillé, encourageant.

« A cause de mes billets quotidiens où je ne leur mâche pas les vérités. J'ai obligé déjà un conseiller à démissionner...

— Épatant !

— A votre santé ! Bois, Lulu. »

Une heure et demie. Tout en dedans de lui, il tremblait d'angoisse parce qu'il savait que sa mère l'attendait. Trois fois coup sur coup il vida son verre.

« Je vais filer.

— Pardon ! Layard m'a dit qu'il payait une bouteille aussi.

— Demain.

— Jamais de la vie ! C'est aujourd'hui... »

Lulu avait posé sa main sur son genou. Gybal s'en aperçut et elle la retira aussitôt. Le pianiste quittait l'estrade et venait s'asseoir comme d'habitude, sans rien dire, les paupières aussi rouges que les autres jours, la bouche dégoûtée.

« Une coupe de champagne ?

— Un quart Vichy. »

On eût dit qu'il attendait quelque chose. Tout le monde attendait. Mme Layard elle-même restait derrière son comptoir au lieu de venir prendre sa place avec les autres.

« Vous vivez avec vos parents? »

Cholet fut gêné d'avouer à Gybal cette chose si simple.

« Combien vous paie-t-on, au journal?

— Mille francs. »

Il mentait. Il ne touchait que huit cents francs par mois.

« Charmant! »

On voyait l'ombre mouvante de Layard qui allait et venait sans but.

Cholet, sans regarder Lulu, sentit qu'elle adressait à Gybal un signe qui voulait dire :

« Non! Non! Il ne faut pas... »

Et elle bâilla, se leva.

« Je tombe de sommeil.

— Va te coucher », répliqua-t-il.

Elle ne bougea pas. Doyen avait les yeux mi-clos. Écoutait-il? Attendait-il quelque chose aussi?

« A votre santé!

— A la tienne! »

Et Cholet rit, parce qu'il avait dit « tu » le premier. Il avait bien tutoyé Speelman!

« Tu connais le chef d'état civil? »

Gybal tendait son étui à cigares.

« Très bien.

— Il est intelligent?

— C'est un idiot, le père de mon confrère du *Petit Nantais,* et il ne s'intéresse qu'à la théosophie... »

Jean sourit car, malgré son ivresse, il devinait que ses interlocuteurs ne savaient pas ce que ce mot voulait dire.

« Que penses-tu de ce champagne? vint lui demander Layard. Ce n'est pas du champagne pour clients, celui-ci...

— Il est bon. »

Et Layard repartit. C'était trop long! Il était deux heures moins vingt. Malgré tout, Cholet voulait savoir, car il avait trop attendu.

« Des idiots, tout ça..., soupirait Gybal. Des tas de vieux crétins qui font leur beurre sur le dos du monde. Vous devez en savoir quelque chose!

— Assieds-toi, dit Jean à Lulu qui restait debout à côté de lui. Ou alors, va dormir! »

Gybal reprit le tutoiement qu'il avait oublié.

« Tu aurais le cœur de leur jouer une bonne blague? »

L'instant d'avant, Cholet sentait tout son sang sous sa peau et voilà que soudain il eut conscience de devenir pâle et froid. Ce fut comme une rétraction de tout son être et il lui sembla qu'en même temps son cerveau devenait d'une lucidité anormale.

« J'écoute, dit-il en faisant des petits yeux, comme un homme très subtil qui regarde les autres s'enferrer.

— Ce que j'en dis... Il aurait peut-être mieux

valu voir Speelman, puisque c'est pour lui. Hier, nous étions ennuyés. Soudain, il s'est écrié :

« — J'ai un petit ami qui est journaliste à Nantes. Si j'avais le temps... Mais tu pourrais aller le voir de ma part... »

Lulu s'était éloignée. Accoudée au comptoir, elle engageait la conversation avec Mme Layard qui ne l'écoutait pas, mais tendait l'oreille aux échos de la table. Les voyageurs faisaient du bruit. Le patron tapait à un doigt sur le piano.

Et le rythme s'accélérait. Les tempes de Cholet battaient. Il tenait à la main son verre glacé où montaient des bulles d'air.

« Moi, qui ne te connaissais pas, j'ai dit que cela ne valait pas le dérangement. Il y a tellement de couillons ! »

Il était tout en haut de la côte. Encore un tout petit tertre à franchir !

« Enfin, je vois que tu es un homme. C'est un coup de deux mille balles pour quelques minutes de travail, si l'on peut appeler ça du travail ! »

Jean avait peur, une peur éreintante. Ses traits étaient figés. Il ne pouvait même pas détourner le regard et il faisait un effort héroïque pour sortir de l'ivresse qui l'engluait. La voix continuait plus bas :

« Ils ne doivent pas se méfier de toi. Tu vas, tu viens... Je ne sais pas où ils mettent les extraits d'actes de naissance, mais c'est sans doute près du guichet. Et le cachet est sur le bureau ! Tu en prends une dizaine, sans avoir l'air de rien. Peut-être même le cachet est-il apposé d'avance ?... »

Cholet but, pour avoir une contenance. Dans la glace qui était derrière le bar, il vit le visage de Lulu qui faisait :

« Non ! Non !... »

Et il vit, non plus dans la glace, mais en chair et en os, Mme Layard qui avait surpris ce geste et qui poussait un verre devant Lulu, brutalement, pour avoir l'occasion de lui toucher la main.

« Qu'en dis-tu ? Deux mille pour toi, plus les petits frais... »

Doyen n'avait pas bougé d'un dixième de millimètre. Le pianiste soupira. Il gagnait, lui aussi, vingt francs par soirée, mais deux fois la semaine il jouait dans une pâtisserie où il recevait cinquante francs de cachet.

« C'est Speelman qui a dit ?... murmura Cholet, soupçonneux.

— Aussi vrai que nous sommes ici à boire le champagne de Layard ! Nous soupions rue du Faubourg-Montmartre. Il doit partir dans quelques jours pour l'Espagne. »

L'horloge marquait deux heures moins dix et la panique de Jean s'intensifia. Si c'eût été possible, il se fût mis à courir jusqu'à chez lui. La sirène hurlait. Le pianiste attendait de partir en sa compagnie.

« Qu'est-ce que tu en penses ? »

C'était non, évidemment ! Mais il regardait autour de lui sans oser le dire. Cela lui permit de surprendre une œillade de Layard qui cria à sa femme :

« Une bouteille du même!

— C'est facile comme tout. Enfin, c'est facile pour un type dans ta situation. Nous, évidemment...

— Je ne boirai plus, annonça Jean comme on débouchait la bouteille.

— Sans blague! Alors, Speelman a menti? Il m'a raconté qu'il avait rarement vu un type tenir le coup comme toi... »

Ils voulaient l'avoir! Ils le flattaient! Cholet le comprenait très bien. Lulu n'osait même plus le regarder. Les voyageurs de commerce s'en allaient et poussaient des exclamations au seuil du brouillard. On remplit les verres.

« A ta santé!

— Non », riposta Jean.

Et il se retourna, parce qu'il sentait quelqu'un derrière son dos, Layard, qui prenait un verre sur la table et buvait. Il était calme. Il semblait en vouloir à Gybal qui insistait :

« Tu refuses de boire à la santé de Speelman?

— Laisse-le donc tranquille, grogna Layard. Tu ne vois pas qu'il a sommeil?

— Moi?

— Mais oui, Jeannot. Tu vas aller faire un bon dodo près de ton papa et de ta maman... »

Il avait les yeux plus cernés que les autres jours, peut-être à cause du froid qui était très sensible, maintenant que la salle était vide. Lulu fonça vers l'escalier en disant :

« Je n'en peux plus! Bonne nuit...

— Et crève! » répliqua Layard en riant.

Gybal, inquiet, avait laissé éteindre son troisième cigare.

« Il faudrait lui faire comprendre, commença-t-il, qu'il n'y a aucun risque et que...

— Ça va! C'est tout compris! dit Layard en se penchant pour poser son verre et en frôlant l'épaule de Cholet. Laisse-le tranquille! Qu'il aille se coucher. Demain, il fera ce qu'il aura à faire.

— Moi?

— T'occupe pas de ça aujourd'hui, fiston! Et maintenant, au dodo... Mais non! Tu paieras demain... »

Jean marcha comme dans du coton et il ne sut jamais qui lui avait mis son pardessus. Par contre, il entendit Gybal qui chuchotait :

« Il faudrait pourtant qu'on soit sûr...

— Mais c'est sûr! soupira Layard avec lassitude. Laissez-le tranquille! »

Des chaises en désordre encombraient le passage. Le givre des pardessus avait laissé des traces humides sur le sol.

« Bonsoir, Jeannot... »

Si Layard ne lui eût pris la main d'autorité, Cholet ne la lui aurait pas tendue. La preuve, c'est qu'il s'en alla sans dire au revoir aux autres, s'enfonça dans la buée. Il entendit un pas à côté de lui. C'était le pianiste, qui se taisait. Quelque part, une voix dit pourtant :

« Non... C'est par ici... Attention au parapet... »

Mais on ne voyait pas d'eau, pas de rue, pas de trottoir. Il n'y avait que le vacarme tantôt proche et tantôt lointain de la sirène.

Pourquoi, cette fois, le pianiste alla-t-il jusqu'au seuil de la maison ? Jean pénétra dans la chaleur du corridor, monta sans bruit au premier étage et s'aperçut qu'il n'y avait aucun filet de lumière sous la porte de ses parents. Il resta un moment à écouter, perçut une respiration forte, presque un ronflement.

Il était furieux, écœuré, malade. Dans son lit, tout seul, les pieds glacés, le crâne brûlant, il commença à pleurer. Mais les sanglots ne venaient pas, s'arrêtaient comme les explosions d'un moteur qui manque d'essence. Les draps tiédissaient. L'oreiller s'humectait de sueur.

La dernière image à peu près nette fut celle du chef de bureau qui ressemblait à Doyen — peut-être avaient-ils la même infection de la vessie ? — et qui cachait dans son sous-main une revue de théosophie.

6

IL y eut, de la part des éléments et du hasard, comme un parti pris de calme. Quand Cholet s'éveilla, il était 10 heures moins 5 et son dernier sommeil avait été voluptueux. S'il ne se souvenait pas de ses rêves, il en gardait un arrière-goût d'optimisme. Le ciel venait encore à son aide, étrange, inattendu. Le brouillard de la nuit ne s'était dissipé qu'en partie. Il n'était plus au ras du sol mais formait au-dessus des toits une calotte uniforme. Le soleil était derrière, invisible, teintant le ciel et la terre d'un rose diffus et l'on eût pu croire que la ville était couverte d'un immense abat-jour.

Tout ce rose n'était pas qu'extérieur. Il s'infiltrait dans les maisons. Il en traînait des reflets dans la chambre de Cholet, mais c'était surtout la chambre de son père qui en était imprégnée.

Quand Jean poussa la porte, il savait que son père était couché et pourtant cela lui fit mal de le voir un journal à la main. Sur la table de nuit, un bol contenait encore du chocolat refroidi.

« Bonjour, fils.

— Mère est en bas?

— Elle fait son marché. »

Il y a ainsi des jours où tout est facile. Jean ne se ressentait même pas de son ivresse de la nuit. Il n'avait pas mal à la tête et, chemin faisant, il ne pensa pas une seule fois qu'il arriverait plus d'une heure en retard au journal. Cela lui était égal. L'air était vif, savoureux comme un vin mousseux ou comme une friandise. La Loire était irréelle de munificence. Au beau milieu de l'eau veloutée flottait un cargo sur lest dont la coque rougie de minium jetait des taches de couleur jusqu'à l'horizon. Le grincement des grues, les coups de pilon, les sirènes, le sifflet d'une locomotive, tout s'ordonnait en une vaste symphonie qui accompagnait la marche de Jean le long des trottoirs.

M. Dehourceau aurait pu le demander avant dix heures. Il aurait pu, comme il le faisait souvent, traverser la rédaction pour se rendre aux machines. Or, il n'était même pas arrivé! Il avait téléphoné de chez lui qu'on vînt prendre sa copie, parce que sa fille avait la rougeole.

Gillon, qui était enrhumé, écrivait d'une main, tenait de l'autre son mouchoir sur les narines, ce qui fit rire Cholet. Il s'étonnait de sa propre désinvolture. Il rédigea un papier sur le brouillard, dans une note poétique et il fut tout de suite l'heure du commissariat : sept accidents d'auto, et un bateau échoué à l'entrée de la Loire. Sur le bureau du commissaire tremblotaient de tout petits ronds de soleil qui se rétrécissaient et s'écarquillaient comme des prunelles en gaieté et Cholet, tout en prenant ses notes, leur répondait de même.

Jamais il n'avait eu à ce point la sensation de la bienveillante futilité des choses. Son père avait failli mourir. La famille s'était débattue dans une agitation poisseuse. Jean avait pleuré. Sa mère et la tante Poldine s'étaient lamentées.

Et maintenant M. Cholet lisait le journal dans son lit tandis que sa femme allait de boutique en boutique exactement comme les autres jours!

Jean savait qu'il tournerait à gauche une fois le carrefour atteint et qu'il resterait un instant immobile à l'angle de la ruelle. Toutes les portes du théâtre étaient ouvertes. Des silhouettes, dans le clair-obscur, agitaient des balais. La porte de *L'Ane Rouge* était ouverte, elle aussi, et Layard, en casquette, prenait de l'argent dans le tiroir-caisse.

« Tiens! c'est toi... »

Cordial et simple, il achevait de piquer une liasse d'une épingle avant de tendre la main.

« Qu'est-ce que tu prends? Un petit export-cassis? »

Il n'avait même pas la curiosité de regarder son visiteur. Il faisait beau. La porte était ouverte. L'air picotait juste assez pour que cela fût agréable et c'était l'heure de l'apéritif.

« A la tienne! J'allais sortir... »

Il remplit à nouveau les verres, ferma le tiroir-caisse, montra le plafond du regard.

« Lulu dort encore. C'est toute une affaire, le matin, de la tirer du lit. »

La salle était déjà nettoyée et rangée. Cholet bâilla en étirant les bras et suivit son compagnon dehors. On dut enjamber un seau d'eau qui traînait devant le seuil de l'hôtel. Layard ne demanda pas à Jean de l'accompagner mais il marcha tranquillement comme si c'eût été convenu depuis toujours.

« Ça va, au canard?

— Ça va...

— Ce n'est pas un mauvais métier. »

Cholet s'avisa seulement alors qu'on atteignait la mairie. Layard gravissait les marches du perron et il le suivit.

« A propos, je voulais te dire... Ne te laisse pas faire par Gybal!... Ça vaut trois mille ou rien, tu comprends? »

Ils étaient tous les deux dans la pénombre de la salle des pas perdus. Layard tendit la main, disparut dans l'escalier de droite. La première porte, près de cet escalier, était celle de l'état civil. Des voitures s'arrêtaient sur le parvis et l'on distinguait des hauts-de-forme, des fleurs, une robe blanche. Une haie de curieux se formait le long des marches.

Cholet poussa la porte, tendit la main au maigre employé qu'il connaissait depuis longtemps.

« Ça va?

— Trop de boulot. Le patron a la grippe! répliqua l'autre en montrant un bureau vide.

— C'est le jour, dit Jean. Le mien aussi.

— Vous venez pour les statistiques? Je ne sais pas où on les a mises... »

Et il entra dans le bureau du chef tandis que Jean se penchait sur la table. La voix disait dans la pièce voisine :

« Il a tellement d'ordre qu'on ne retrouve jamais rien! Pour être classé, tout est classé! Mais où? C'est une autre histoire... »

« Ville de Nantes — Extrait de naissance... »

Il y avait toute une pile de formulaires et le cachet y était déjà apposé. L'employé, dans le bureau voisin, continuait à parler.

«Vous savez qu'il a fait paraître à ses frais un bouquin de spiritisme?... Ah! Voici le dossier!... J'aurais pu le chercher longtemps... »

C'était fini. Il pouvait revenir. Jean avait un petit tas de papiers dans la poche de sa gabardine. On entendait un piétinement dans la salle des pas perdus et l'employé ouvrit la porte pour voir passer le cortège. Jean regarda aussi. Deux enfants vêtus de soie blanche tenaient la traîne de la mariée.

**
***

Cholet marchait vite parmi les gens qui frétillaient dans le soleil comme des ablettes en courant vif.

Tout était tellement facile! A une seule

condition : ne pas prendre les choses au tragique. L'employé ne s'apercevrait même pas que des feuilles avaient disparu. C'étaient d'ailleurs de vulgaires formulaires!

A la rédaction, Léglise mangeait du pain avec du veau froid. Mlle Berthe tapait les dernières dépêches du matin.

Debras réclamait la chronique locale.

Jean en fit toute une colonne en quelques minutes. L'encre coulait fluide du stylo. La plume glissait sur le papier. Cholet ajouta par plaisir :

« *Un beau mariage*. C'est celui qui a été célébré ce matin entre... »

On frappa à la porte de la rédaction, à l'autre bout de l'appartement. Quelqu'un entra, traversa à pas hésitants le premier bureau, puis le second.

Jean poussa la porte matelassée. C'était Gybal qui était devant lui, trop grand et trop fort pour la pièce exiguë. Il tendit la main et souriait, magnifique, le corps à l'aise dans un complet rayé, les pieds bien chaussés, les cheveux lisses. Il fumait une cigarette et il dégageait un parfum poivré.

« Salut! C'est votre bureau? »

Il s'asseyait sur le bord de la table, après avoir posé son chapeau et ses gants et il tripotait les porte-plume, les papiers épars. Il était rasé de près et gardait des traces de talc sous le lobe de l'oreille.

« Vous avez vu Layard ce matin?

— Oui, répliqua Jean.

— Moi je ne l'ai pas vu. Il est vrai que je suis descendu à l'hôtel d'Angleterre. Layard est bien gentil, mais ses chambres sont sordides et puent l'eau de toilette. »

Il mentait. Il avait vu Layard qui l'attendait peut-être à la porte. Le bruit de la machine à écrire, dans le bureau de Léglise, accompagnait la conversation. Le regard de Gybal s'attardait sur le veston de Jean, là où les papiers faisaient une grosseur.

« Je vous ai apporté... »

Il ne tirait pas son portefeuille. C'était dans la poche extérieure de son vêtement qu'il y avait toute une liasse de billets de mille francs...

« Deux?... » murmura-t-il en laissant tomber deux billets sur le bureau et en regardant Cholet.

Celui-ci ne bougea pas. Il ne savait plus.

« Deux et demi?... Allons! comme je n'ai pas de monnaie, je laisse les trois... »

Le reste de la liasse reprit le chemin de sa poche. Gybal tendit la main. Léglise se levait, à côté. Il allait traverser le bureau. Jean poussa les billets de banque sous son buvard, mit vivement les formulaires dans la main de son compagnon qui était déjà debout et qui parlait fort.

« Je voudrais être journaliste, moi aussi! D'ailleurs, j'ai écrit deux ou trois articles, il y a très longtemps... A propos, on vous verra tout à l'heure? »

Quand il fut sorti, son parfum traînait encore

dans le bureau. Léglise, dans l'entrebâillement de la porte matelassée, demandait :

« Qui est-ce?

— Un ami.

— Pas de nouvelles de Saint-Nazaire?

— Je vais redemander la communication. »

Et il parla deux fois plus qu'il était nécessaire.

« Allô! oui, mademoiselle... Service de presse... Vous dites?... Le bureau du port?... Bonjour, monsieur. C'est au sujet du vapeur qui... Allô! ici, *La Gazette de Nantes*... Comment?... »

Tout en parlant, il crayonnait sur son buvard, enchevêtrait des lignes courbes. Puis, sans lâcher l'appareil, il poussa les trois billets dans sa poche.

« Allô!... Les amarres?... oui, j'entends... ont cassé par trois fois?... La prochaine marée?... Merci... Non, ici, il n'y a eu que des accidents sans gravité... Les autos, comme vous dites!... »

***

Dès quatre heures, le brouillard, de la hauteur des toits où il s'était tenu pendant la journée, redescendit dans la rue et avec lui le froid. Les pavés étaient d'un blanc livide. Tous les bruits étaient intensifiés, certains même, par exemple celui des pas, en devenaient méconnaissables.

Un moment, Cholet eut envie d'être malade, comme son père, comme M. Dehourceau et comme le chef de bureau de l'état civil. C'était facile. Il avait sûrement pris froid. Il sentait qu'il n'avait qu'un léger effort à faire pour avoir de la fièvre. Tout le monde en avait. Gillon partit à trois heures pour se mettre au lit. Mlle Berthe toussait. Seul Léglise, qui avait des pommettes saillantes et roses de tuberculeux, n'était jamais malade.

« Nous allons devoir faire le journal à nous deux! »

Léglise était content. Il pouvait rester neuf ou dix heures d'affilée sans quitter sa chaise, au milieu du bureau jonché de papiers froissés. Ce soir-là, plus que jamais, à cause des absents, la rédaction ressemblait à un corps de garde. Léglise, Cholet et Mlle Berthe mangeaient sur place. On avait fait monter des demis d'un café voisin. Des sandwiches entamés traînaient sur les tables. A neuf heures, un coup de téléphone annonçait que deux vapeurs venaient d'entrer en collision à moins d'un mille de Nantes et que l'un des deux coulait.

« Il faut que tu y ailles », dit Léglise.

Cholet prit la moto du journal, longea les quais sans rien voir devant lui que des lumières indécises dans la masse du brouillard. Il aurait pu s'adresser au bureau du Port, mais il le dépassa sans le savoir, puis pensa que ce n'était pas nécessaire. Il connaissait le point exact de la collision. Il roula doucement sur un mauvais chemin hors de la ville, avec la Loire à sa gauche, des champs à droite, son phare éclairant à peine un mètre de terrain devant sa roue. Les herbes étaient blanches et roides. Sa peau était tirée par le froid et ses doigts figés dans les gants.

Cela l'exaltait. Il avait envie de crier. La terre entière n'était plus, d'ailleurs, qu'un tintamarre désordonné car, sur les lieux de l'accident, tous les bateaux semblaient s'être donné rendez-vous pour organiser un concert de sifflets et de sirènes.

Parfois on devinait un phare, mais ce n'était qu'un halo qui fondait aussitôt. Sur l'eau devait régner une vie intense. Les remorqueurs se reconnaissaient à leurs sifflements brefs et méchants.

Cholet s'arrêtait pour regarder les bornes. Quelque part, il trouva une maison isolée, entendit des voix. Quelqu'un surgit de l'ombre tout près de lui pour l'arrêter.

« Attention! »

Un câble était tendu en travers du chemin, des silhouettes penchées au bord de l'eau, deux femmes, deux hommes, un enfant. Le phare de la moto éclaira un jardin pauvre et des choux perlés de blanc.

« Arrêtez votre moteur!... On n'entend plus rien... »

La moto immobilisée, on devina des bruits de rames, des voix. Sur la gauche, le brouillard était vaguement lumineux.

« Le bateau allemand..., dit-on à Jean.

— Il coule?

— C'est l'autre qui coule, le charbonnier

anglais. Ils sont tous autour de lui à essayer de le sauver, mais c'est trop tard. Alors, on cherche les trois hommes qui manquent... »

C'est pour cela que des canots allaient et venaient dans le brouillard, et des voix, et qu'il y avait d'irréelles apparitions de lumière.

« On n'entend plus le canot de sauvetage. Peut-être qu'ils en ont trouvé un? »

Parfois il y avait un sifflement de vapeur, un choc. Cholet remonta sur sa machine, se dirigea vers la ville. Au bureau du port, on lui donna le nom des bateaux et les premiers renseignements.

« On cherche toujours les trois manquants. Le télégraphiste est parmi eux. Mais dans le brouillard... »

Jean avait caché les trois billets de mille francs au-dessus de la garde-robe de sa chambre. Il ne tenait pas en place. Il avait besoin de s'agiter. Toujours en moto, il s'arrêta devant *L'Ane Rouge* et entendit le piano, la voix de Layard qui annonçait :

« Mes seigneurs et mes seigneuses... notre bonne camarade... »

Il entra et avec lui une bouffée d'air glacé. Il en avait plein ses vêtements. Son visage, ses mains dégageaient du froid. Lulu, sur l'estrade, attendit qu'il fût assis.

« Je vais avoir le plaisir de vous chanter... »

Layard lui serra la main en silence.

« Gybal n'est pas ici?

— Il a pris le train de quatre heures. Tu ne l'as pas revu?

— Bien sûr que si! dit Cholet, rageur.

— Tu n'enlèves pas ton manteau? »

Et Layard se retournait pour applaudir, car Lulu avait fini un couplet.

« Dites donc, qu'est-ce qu'il va en faire, de ces papiers?

— Quels papiers? »

Jean haussa les épaules avec impatience.

« Je voudrais savoir à quoi il les fera servir.

— Est-ce que cela me regarde, moi? Je ne sais même pas de quoi il s'agit. Il vient de temps en temps ici. Hier, je vous ai entendus chuchoter, tous les deux, et c'est tout!

— Évidemment! » ricana Cholet.

Il n'était pas encore réchauffé. Lulu, de sa voix acide, achevait sa chanson en lui lançant des regards peureux. Il se leva.

« Tu t'en vas? Qu'est-ce que... »

Rien! Il sortait! Il enrageait! Il poussa du pied le démarreur de sa moto, sa semelle glissa et il reçut la pédale sur le tibia. Il recommença trois fois. Le grondement du moteur couvrit les bruits de *L'Ane Rouge* et le piano lui-même. Au moment où la moto démarrait, Lulu ouvrit la porte, mais Cholet ne s'arrêta pas.

Il retourna au bureau du port. On venait d'y amener un cadavre et un fonctionnaire tournait les pages d'un livret tout mouillé qu'on avait trouvé dans sa poche.

7

« Tu sens la femme!... » lui avait dit sa mère avec dégoût alors qu'il buvait son café au lait.

Et voilà que cela suffisait à lui donner la nostalgie de *L'Ane Rouge*. Il pleuvait. Sur le fleuve, on pouvait voir la cheminée du cargo coulé qui émergeait d'une eau grise et clapotante.

« Je vais aux dernières nouvelles », annonçat-il à Léglise.

On n'avait retrouvé qu'un corps sur trois, mais Cholet ne se dirigea même pas vers le port. C'est vrai qu'il sentait la femme, bien que la veille il n'eût pas embrassé Lulu. C'étaient ses vêtements, son linge, ses cheveux qui étaient imprégnés d'une odeur d'alcôve à laquelle se mêlait un relent d'apéritifs et de liqueurs. Et tout en marchant, les mains dans les poches, il cherchait à respirer cette odeur vivante.

Mᵐᵉ Layard, en bigoudis, lavait le zinc à grande eau et son tablier de grosse toile était détrempé.

« Vous n'êtes pas resté longtemps, hier soir, remarqua-t-elle.

— Lulu est levée?

— Pas encore. »

Il s'engagea dans l'escalier sans en dire davantage. Il était sombre, mou comme le temps; il ne se sentait bien nulle part et il avait faim de mélancolie. Il allait là-haut pour voir la chambre en désordre, le blanc cru des draps, le corps de Lulu qui avait l'habitude de dormir avec une jambe sur la couverture.

Une porte était ouverte tout au début du corridor, celle d'une chambre qui, les autres jours, n'était pas occupée. Jean savait qu'on attendait une nouvelle artiste et il s'arrêta pour regarder dans la pièce.

Une femme était assise au bord du lit, en chemise, une jambe haut levée, et se limait les ongles des pieds. Elle sentit la présence de quelqu'un, tourna la tête vers la porte et lança :

« Ne vous gênez pas! »

Mais elle ne changeait pas sa pose, qui était d'autant plus érotique qu'elle avait les cuisses larges, le ventre puissant, les seins lourds. Tel quel, le corps baignait exactement dans la même lumière grise, sans relief, que sur les photographies pornographiques. Le triangle sombre du sexe se détachait avec la même crudité. Le décor était le même : courte-pointe au pied du lit, papier à fleurs au mur et, sur la table de nuit, un portrait dans un cadre.

« Vous êtes Nelly Brémont?

« — Et toi le petit ami de Lulu, je parie! Entre ou sors, mais ferme la porte... »

En prenant l'autre pied dans sa main elle faisait jouer les muscles du bassin et des cuisses.

« Passe-moi donc le polissoir qui est sur la table. »

Il en profita pour toucher un sein qui pesa dans sa main, tandis qu'elle le regardait de bas en haut, curieusement.

« Fais comme chez toi!

— Parbleu! » répliqua-t-il en ricanant.

Une bouffée chaude l'avait envahi et il laissait glisser ses doigts le long du torse, atteignait un pubis gras et bombé.

« Et Lulu? Tu vas me faire tomber, idiot! »

Elle riait. Il se retint à l'oreiller et soudain il resta immobile, sa tête à cinq centimètres du visage de la femme, qui l'observait avec étonnement. C'était déjà fini. Il n'aurait même pas pu dire comment il s'y était pris. Il ne se redressait pas tout de suite, pesant sur elle de tout son poids et la femme, qui n'avait pas lâché le polissoir, disait sérieusement :

« Toi, au moins, tu es expéditif! Attention! Tu m'étouffes! »

Elle le suivait toujours des yeux avec le même intérêt tranquille et elle le vit qui tendait l'oreille, s'approchait de la cloison. Il entendait un drôle de bruit. C'était dans la chambre de Lulu.

« Je viens tout de suite... », balbutia-t-il.

Et il ouvrit sans bruit la porte de la chambre

voisine. Lulu était debout contre le mur, la tête dans son bras replié, les épaules secouées en cadence. Il ne savait pas s'il ne la détestait pas, mais il était ennuyé.

« Lulu ! »

Elle ne bougea pas et il la toucha, mit un baiser froid sur sa nuque.

« Qu'est-ce que tu as ?... Mais parle !... »

Il s'impatientait. Il n'était pas encore sûr qu'elle eût tout entendu.

« Ma petite Lulu... »

Il disait cela sans tendresse, tandis qu'elle découvrait un visage congestionné, mouillé de larmes, des prunelles transparentes. Il lui sembla qu'elle le regardait avec la même curiosité que l'autre, comme s'il eût été inconnu.

« Ne fais pas attention. Je suis sotte... »

Et, en haussant les épaules, elle esquissa un sourire résigné.

« C'est ton droit, n'est-ce pas ? Il n'y a pas de raison... »

Elle était trop calme, trop résignée et du coup c'était Cholet qui perdait sa froideur.

« Je t'en prie, Lulu !... Tu dois comprendre... Je ne sais pas moi-même comment c'est arrivé... Je me moque de cette femme, que je n'ai même pas regardée... »

Elle le fixait, peut-être pour savoir s'il était sincère et soudain elle se jeta sur son lit, pleura à nouveau, la tête dans l'oreiller, jusqu'à en avoir la respiration coupée. Elle émettait de petits hoquets d'enfant malade, puis une quinte de toux la secoua.

« Ma petite Lulu...

— Oui... Laisse-moi... Je suis bête... Il est temps que tu ailles à ton journal...

— Le journal, je m'en fous! »

C'était vrai. Il était à la fois fiévreux et lucide. Il avait conscience du décalage qui se produisait dans son esprit et dans sa sensibilité.

Cela ressemblait à l'effet de l'alcool, en plus chaud et en plus subtil. Le décor agissait : la chambre sordide, les vitres striées de pluie, les draps crus et aussi l'odeur. Enfin ces larmes de Lulu, sa demi-nudité sans coquetterie, les salières de son cou, la rougeur artificielle de ses joues.

Il avait envie de pleurer aussi, mais pas pour une raison déterminée. C'était complexe : toute une ambiance désespérée, le noyé de la veille au soir, l'attitude injurieuse de Gybal et de Layard, le journal, sa mère, et aussi l'impossibilité de faire quelque chose, il ne savait pas quoi.

Il avait chaud tout au fond de sa poitrine. Ses paupières picotaient. Il tenait Lulu dans ses bras et il sentait sa joue mouillée contre sa joue.

« Mon pauvre petit... Il ne faut pas... »

Mais elle ne servait que de prétexte. C'est à lui qu'il pensait et à ses vains efforts pour réaliser quelque chose d'aussi vague qu'un rêve qu'il n'avait fait que pressentir.

« Ne pleure plus... Je t'aime bien... L'autre, c'est sans importance... »

Et en disant cela, il essayait, sur sa rétine, de préciser les traits d'un visage au-dessus d'un habit et d'un plastron blanc, de retrouver une autre atmosphère, une odeur, une impression qui se dérobait.

Lulu s'essuyait les yeux, s'efforçait de sourire, tenait Cholet par le menton et le regardait avec une tendresse alarmée.

« C'est bien vrai? »

Il ne savait pas pourquoi il avait, lui, une larme qui coulait soudain, toute seule, Lulu s'affolait, l'embrassait, buvait la larme.

« Pardon, Jean! Je suis méchante! Je suis égoïste! Je n'aurais pas dû pleurer, ni même laisser voir que cela me fait quelque chose. C'est ton droit, n'est-ce pas ça... Mais quand j'ai vu... Je passais dans le corridor... Tu avais laissé la porte entrouverte... »

Elle faillit pleurer encore, mais elle se retint à temps et cela finit par des baisers qui sentaient les larmes et la salive.

Dans la rue, Cholet marcha vite, car il était en retard pour le commissariat. Il avait la tête vide, la poitrine vide, tout l'être vide au point que c'était vertigineux. Il sentait monter la fièvre mais il respirait avidement sur ses vêtements, sur sa peau, sur ses mains, cette odeur de femme dont il était imprégné.

« De deux femmes! » pensa-t-il.

Et son visage tragique laissa filtrer malgré tout une ombre de sourire.

A la rédaction, il ne regarda personne, mais

on le regarda, car il avait les traits convulsés, les yeux brillants, la respiration saccadée. Il passa sa copie par le guichet qui faisait communiquer la rédaction avec l'atelier.

Il se calmait malgré lui. Il s'efforçait d'entretenir sa fièvre, car c'était voluptueux de se sentir vivre ainsi, intensément, d'avoir conscience de sa propre sensibilité et de savoir que plus tard il penserait aux heures présentes avec nostalgie.

Gillon l'observait avec une méfiance qui n'était pas exempte d'un respect instinctif, et Cholet brossa avec affectation de la poudre de riz qui s'était collée à son revers.

« Hum!... Hum!... toussait Gillon avec un sourire malin.

— Ta fiancée va bien?

— Très bien... »

Et Jean souriait à son tour, d'un sourire qui ne voulait rien dire ou qui voulait dire des tas de choses.

« Si tu y vas le matin aussi, maintenant! » murmura Gillon.

Les yeux de Cholet pétillaient. Il ne cherchait plus dans son souvenir l'image de l'homme en habit mais il le sentait en lui, il était désinvolte, il avait des prunelles fatiguées et sceptiques, il créait autour de lui, par sa seule présence, une ambiance voluptueuse.

Deux fois, Mlle Berthe traversa le bureau et les deux fois elle évita de le regarder.

« Qu'est-ce qu'elle a? demanda-t-il avec une fausse innocence.

— Tu ne t'en doutes pas un peu?... Hum!... Pauvre fille... »

Gillon s'en allait. La femme de Léglise attendait son mari sur le palier, car ils devaient profiter de l'heure de midi pour aller chez le médecin. La dactylo prenait au téléphone les dernières dépêches et l'on entendait sa voix qui disait toutes les quelques secondes :

« Oui... oui... oui... »

En face de Cholet, la vitre était d'un gris uniforme. Il pleuvait toujours. Les toits luisaient. Les bureaux se vidaient peu à peu. Léglise passa derrière lui.

« Pas encore parti? »

Non! Jean restait là, les coudes sur sa table, sans encore bien démêler pourquoi. Quand il était seul, une amertume lui montait à la bouche en même temps qu'une inquiétude vague, sans objet précis.

C'était plutôt un manque d'équilibre, de point d'appui, et la peur de quelque chose qui était peut-être inexistant.

Le bureau était vide. Le poêle ronflait régulièrement. L'eau glougloutait dans une gouttière. Mlle Berthe disait au téléphone :

« Oui, à ce soir, monsieur Tomasi. Bon appétit... »

Et elle se levait, changeait de place pour taper ses dépêches à la machine. La première, elle avait senti, quand il était entré, qu'il sortait du lit d'une femme. De deux femmes même! Mais, de cela, elle ne se doutait pas! Quelles images pouvait-elle évoquer dans son esprit de vierge?

Il se leva et poussa la porte matelassée qui le séparait d'elle.

« Dictez... Je vais taper... »

C'était arrivé deux ou trois fois, des jours de gros travail, entre autres aux élections. Elle lui céda la place avec étonnement, s'assit à côté de lui, son carnet de sténo sur les genoux.

« ... et ces escroqueries n'ont pu être commises qu'avec la complicité d'un fonctionnaire que les enquêteurs ne manqueront pas de découvrir... »

... « De Berlin. L'Agence Wolf nous communique... »

Il pouvait la voir, un peu floue, sans détourner la tête, et il remarquait surtout les seins qui gonflaient la robe de laine noire. Il baissa le regard et aperçut les chaussures à brides, les bas noirs, imagina le contraste de ceux-ci avec la crudité de la chair, un peu au-dessus des genoux.

— ... « Que le Gouvernement est bien décidé à ne pas se laisser impressionner par ces manifestations... par ces manifestations... » ... à la ligne...

C'était la pièce la moins éclairée de la rédaction. Par la fenêtre, on voyait au-delà de l'étroite cour une autre fenêtre, éclairant un palier et la cage d'escalier.

« Voulez-vous que je continue?

« — Mais non! Dictez... »

Il sentait qu'elle ne pensait pas plus aux dépêches que lui. A mesure que le temps passait, sa voix butait davantage sur certaines syllabes et avait plus de peine à relire sa sténo.

« Vous me détestez? dit-il soudain sans cesser de taper.

— Moi? »

L'horloge marquait une heure. Debras entra pour couper au ras du rouleau de la machine les dépêches déjà traduites. Dès qu'il fut sorti, Cholet reprit :

« Je devine tout ce que l'on doit raconter...

— ... « *La Chambre des députés reprendra ses travaux le 7 janvier et l'on croit, dans les milieux bien informés, que le Gouvernement a l'intention de...* »

Il posa sa main droite sur le genou de Mlle Berthe qui respira plus bruyamment.

« Ils ne sont pas capables de comprendre! dit-il. Il y a des gens qui sont nés pour vivre toute leur vie dans une médiocrité sordide... »

Son cœur battait. Cholet savait qu'il était encore temps de s'arrêter. Il n'aurait pas voulu se regarder dans une glace, car il avait conscience de l'expression anormale de ses traits.

Mlle Berthe, tout près de lui, était immobile, comme figée, et elle devait savoir aussi que dans quelques instants il serait trop tard. Il tenait toujours son genou à travers le tissu rêche de la

110

robe. Il voyait ses bas noirs. Il entendait son pouls.

Et il se souvenait de la femme nue sur le lit, de son ventre puissant, du geste définitif et machinal. Il se souvint de Lulu qui pleurait et de ses jambes veinées de bleu qui avaient la chair de poule.

« Vous me détestez vraiment? »

Il n'aurait pas voulu s'entendre non plus! Quelque chose le poussait, une sorte de désespoir, de dégoût, d'inquiétude. Il tenait à voir les cuisses de Mlle Berthe au-dessus des bas noirs.

Elle ne répondait pas. Elle détournait la tête. Elle était amoureuse et ridicule, avec son profil déjà dur, maladroit, aux effarouchements de vierge.

Il se pencha et il n'eut qu'un effort à faire pour amener ses lèvres sur les siennes tandis que la nuque, un instant raide, mollissait. Elle ne savait même pas embrasser! Elle entrouvrait les lèvres et il rencontrait ses dents qu'elle avait larges et écartées.

Pour se rapprocher, il devait pencher sa chaise qui avait grincé sur le plancher.

« Attention... », souffla-t-elle, comme il libérait un moment ses lèvres.

Et il voyait ses yeux dociles, des yeux qui avouaient qu'elle attendait depuis longtemps mais qui gardaient l'empreinte d'une tristesse congénitale.

Sa chair était triste aussi. Il avait glissé la main dans son corsage et il touchait une peau moite de sueur sous les vêtements trop épais. L'autre main descendait le long de la jambe, remontait sous la robe.

Elle ne bougeait pas. Telle quelle, avec ses yeux fixés sur un monde à elle seule et sa bouche entrouverte, elle donnait par instants l'impression d'une morte.

Il hésita à l'embrasser encore. Il le fit, pour donner à sa main le temps de monter encore, d'atteindre les moiteurs des cuisses qui eurent soudain un mouvement convulsif.

« Jean... »

Elle s'abandonnait, devenait toujours plus inerte, au point qu'il fut pris de peur. Il n'était pas capable, lui, de l'appeler par son prénom. Il se contentait de violer systématiquement son intimité, sans aucune joie physique, avec méchanceté. Il déchira quelque chose, un ruban ou du tissu. Quand il interrompait son baiser, elle avançait un peu la tête, sans le voir, dans une recherche aveugle.

Et il fixait la fenêtre par-dessus son front et ses cheveux bruns. Il voyait la fenêtre en face, l'escalier gris, la tête, puis le torse de l'économe bossu qui montait.

Elle ne savait rien. Tout son système nerveux avait des spasmes inattendus. De l'autre côté de la cour, sur le palier, l'économe s'était arrêté, grisâtre comme la fenêtre, comme l'escalier, et il regardait. Jean le regardait aussi. Leurs regards se croisaient. Personne n'eût été capable de dire ce que le bossu pensait.

Alors, soudain, Jean se dressa en renversant sa chaise.

« Je crois qu'on vient... »

Elle faillit perdre l'équilibre. Son regard ne s'accommodait pas tout de suite de la réalité. Cholet lui cachait la fenêtre, feignait d'écouter des bruits.

« Dictez-moi vite la fin de la dépêche... »

Il pouvait taper comme ça, sans se troubler, mais elle voyait à peine ses signes sténographiques. Elle n'osait rien dire. Elle baissait la tête.

— ... « *et qu'une crise ministérielle imminente ne pourra être conjurée que par l'union des partis qui... partis qui...*

Elle se passa la main sur le visage en répétant, sans comprendre le sens des mots :

« *Partis qui...* »

Debras entrait et Cholet, soulagé, lui lança :

« Voilà! Encore deux lignes... « *l'union des partis...* »

Le bossu avait quitté la fenêtre.

**

Jean Cholet ne rentra au journal qu'à cinq heures, quand l'immeuble vibrait sous les pulsations de la rotative. A son arrivée, Gillon tourna la tête vers lui, curieusement, sans rien dire.

En dépit du bruit et de la trépidation, l'air était gluant à force de calme. Chacun lisait les journaux à peine secs que le gamin venait d'apporter. Léglise tendit la main, comme Gillon, sans parler. Et Mlle Berthe était tassée dans son coin d'ombre.

Cholet comprit tout de suite qu'elle avait pleuré, qu'elle pleurait encore, sans larmes, sans sanglots, au ralenti, comme sa mère savait le faire pendant des journées entières. Il ne lui dit rien, car il avait peur de déclencher son désespoir, et il s'assit à sa place, tourna le commutateur de sa lampe qui dessina un rond lumineux sur le journal.

— ... « *et ces escroqueries n'ont pu être commises qu'avec la complicité...*

En face, le dos courbé et la barbe de M. Dehourceau se dessinaient en ombre chinoise sur les vitraux. Les vendeurs et les vendeuses bavardaient dans la cour. L'économe passa, silencieux, car ses mauvais pieds l'obligeaient à vivre en pantoufles. Il ne dit rien, ne sourit pas, mais c'était tout comme. Gillon lui adressa une œillade. Debras, en traversant le bureau, avait une démarche insolente.

Derrière la porte matelassée, dans son coin plus brumeux que les autres parce qu'elle avait voilé sa lampe de parchemin, Mlle Berthe devait voir danser à travers une buée les caractères d'imprimerie.

Cholet avait pétri sa chair aux endroits les plus secrets! Il y pensait exprès, s'efforçait de retrouver des détails, et des détails encore sur la divette du matin. Et aussi des détails sur Lulu.

Il se sentait baigné de l'intimité de ces femmes, de la femme. Il en cherchait des traces sur lui, en lui.

Gillon qui lisait, à deux mètres de son bureau, l'observait à la dérobée et, au fond, cherchait la même chose.

C'est sur la table de Gillon que Gybal s'était assis pour laisser tomber les billets. Et quand Cholet, ivre mort, avait roulé sous cette même table, il quittait Speelman.

— ... « *La Chambre des députés reprendra...*

Des milliers de gens lisaient cela sans se douter que celui qui avait écrit ces lignes et celle qui les avait dictées...

La porte matelassée s'ouvrait. Mlle Berthe, sans un mot, s'arrêtait un moment devant le miroir du portemanteau, puis s'en allait. Elle n'avait pas dit au revoir. La porte refermée, Gillon tourna à moitié la tête, fit avec insistance :

« Hum! »

Cette fois, Cholet le regarda, cligna de l'œil. Gillon cligna de l'œil aussi.

« Tu es vache! »

Nouveau clin d'œil, moins sincère parce que Jean venait d'avoir une idée.

« Je parie que cela ne t'empêchera pas ce soir...

— A ce propos... dis donc... tu n'as pas cent francs à me prêter?... »

Car il n'osait pas retourner chez lui pour prendre de l'argent au-dessus de la garde-robe. Il mit négligemment les cent francs dans sa poche.

« Tu as un certain culot ! »

Et alors, à cause de cet argent, il fut bien forcé de faire quelque chose, une œillade qui disait tout ce qu'on voulait lui faire dire. Cholet se sentait un plastron empesé, piqué de trois diamants, sur la poitrine.

« Si le patron me demande... »

Il n'avait pas la patience d'attendre le soir pour aller à *L'Ane Rouge*.

8

D'HABITUDE, Jean n'emportait pas sa clef et, quand il rentrait, il s'annonçait en agitant le battoir de la boîte aux lettres. Il avait gardé une habitude du temps où, gamin, il revenait de l'école : celle de se pencher un peu en avant, de telle façon qu'il pût voir par la serrure. Il le faisait sans même y penser. L'hiver, la porte vitrée de la cuisine, au fond du corridor, restait entrouverte, afin de laisser la chaleur se répandre dans la maison.

Or, cette fois, elle était fermée. Mme Cholet ne se montrait pas. Il frappa une fois encore, puis sonna, inquiet, car il était plus de midi et jamais sa mère n'avait été absente à l'heure des repas.

Une fenêtre s'ouvrit à la maison voisine. Mme Jamar pencha sa tête hérissée de bigoudis.

« Elle est sortie, Jean.

— Il y a longtemps?

— Peut-être une demi-heure. »

Il fut sur le point de déjeuner en ville, mais il vit le caissier qui habitait trois maisons plus loin rentrer chez lui. L'année précédente, une clef

117

ayant été perdue, on s'était aperçu que les serrures des deux portes étaient identiques.

Le temps était clair et gai. C'était, en février, un printemps précoce qui faisait jaillir des touffes d'herbes d'entre les pavés. Jean échangea quelques mots avec le voisin et lui rendit sa clef après avoir ouvert la porte.

Il était seul dans la maison, dont les échos lui semblaient différents de ce qu'ils étaient d'habitude. Dans la cuisine, la table n'était pas dressée. Rien n'était prêt pour le déjeuner et seul le couvercle de la bouilloire tressautait sous la poussée de la vapeur. Il appela à tout hasard :

« Mère !... Mère !... »

Il ne comprenait pas. Il monta à l'étage où la chambre de ses parents n'était pas encore faite, ce qui n'était jamais arrivé. Il ouvrit la garde-robe et constata que sa mère avait mis ses meilleurs vêtements.

Dans tout cela, il sentait une menace et il descendit pour s'assurer à nouveau qu'on ne lui avait pas laissé un billet explicatif.

« Mère ! » répéta-t-il, anxieux.

Il sortit, se dirigea à pas pressés vers le centre de la ville, puis vers le bureau de son père. Il était sûr que quelque chose allait mal et que des désagréments l'attendaient. Qu'était-il arrivé ? Qu'avait-on découvert ? Il devait se contenir pour ne pas courir.

Le bureau se dressait dans une rue plus calme encore, plus cossue aussi, que la maison des Cholet. Jean poussa la porte et cela fit résonner le timbre tandis qu'il disait comme d'habitude :

« C'est moi ! »

Il passa de l'autre côté des guichets. La cafetière était sur le poêle, mais Jean ne voyait pas son père.

« Il n'est pas ici ? » demanda-t-il à un jeune employé assis, près de la fenêtre, devant une machine à écrire.

L'employé lui montra une porte, celle du bureau du patron, et Jean s'assit au bord d'une table, si impatient qu'il en avait les genoux tremblants.

« Votre mère est venue tout à l'heure.

— Il y a longtemps ?

— Elle est partie voilà vingt minutes. »

Jean connaissait l'employé pour l'avoir aperçu deux ou trois fois à *L'Ane Rouge* avec d'autres jeunes gens. L'employé s'en souvenait aussi, car il observait avec une pointe de déférence Cholet qui, lui, s'installait là-bas à la table des artistes.

« On s'amuse toujours à *L'Ane ?* » risqua-t-il.

Et Jean s'en trouva réconforté. C'était peu de chose. Un vague jeune homme qui l'admirait ! Mais cela lui rendait confiance en lui-même. Il alluma une cigarette et son regard tomba sur la maison d'en face, une belle maison neuve, ornée d'une loggia vernie. Derrière les vitres de cette loggia, il aperçut une femme en peignoir bleu ciel et il lui sembla qu'elle le regardait avec insistance.

L'employé suivit la direction de son regard, se leva en rougissant et la femme montra les cinq doigts écartés d'une main, puis deux autres doigts qu'elle porta enfin à ses lèvres en souriant.

« Je comprends », murmura Jean.

L'autre sourit. Comme lui, il avait un visage indécis d'adolescent sur lequel les moindres émotions éclataient.

« Il ne faut pas le dire à votre père. C'est une femme entretenue. »

Jean la voyait, confortable et douillette, qui arrangeait maintenant des fleurs dans un vase, et un rayon de soleil éclairait la chair de son épaule droite.

« C'est une maison meublée où il n'y a que des femmes, expliquait l'employé surexcité. J'ai fait la connaissance de celle-ci par signes, à travers la rue et... »

La porte s'ouvrait. Le patron sortait, le chapeau sur la tête, sans voir Jean, et M. Cholet entrait, porteur d'une pile de dossiers.

« C'est toi!... dit-il simplement. Vous pouvez aller, Bourgoin, mais soyez ici à deux heures... »

Pendant que Bourgoin s'apprêtait à partir, que son père étalait ses victuailles sur un journal déployé, Jean regardait toujours la loggia d'en face, le peignoir qui devait être en soie ouatée, la femme à la peau claire et soignée, au doux sourire.

« Tu as vu ta mère?

— Non. Mais...

— Elle vient de sortir. »

Il suivait Bourgoin des yeux, attendant qu'il

fût parti pour continuer. On vit sa silhouette passer derrière les vitres et, à la loggia, la femme en bleu se pencha. M. Cholet se leva pour se verser du café, reprit sa place. Jean n'osait pas le regarder. Il attendait, angoissé, et il devina que son père ouvrait un tiroir, posait un objet sur la table.

« Jean... »

Il n'eut besoin que d'un coup d'œil pour reconnaître le chronomètre et ses oreilles s'empourprèrent. Il l'avait acheté un mois plus tôt, avec une partie des trois mille francs. Depuis toujours, il avait envie d'un chronomètre en or. Il ne l'avait pas montré chez lui et sans doute sa mère l'avait-elle trouvé dans une poche où il l'avait laissé.

Son père évitait de le regarder et entamait lentement un sandwich.

« Ta mère est dans un état épouvantable. Elle prétend que tu finiras en prison. Elle voulait aller trouver M. Dehourceau.

— Pour quoi faire?

— Est-ce que je sais, moi? Je lui ai promis de te demander la vérité. »

Qu'est-ce que Jean pouvait dire? Il cherchait. Depuis des semaines, il vivait dans le mensonge, plus exactement dans un réseau inextricable de mensonges. Il lui fallait trouver quelque chose, tout de suite, et son regard se porta sur la loggia où il n'y avait plus personne.

« On me l'a donné », dit-il.

Son père mangeait sans appétit, par contenance, pour ne pas gêner Jean par son immobilité.

« Qui?

— Une amie... Mon amie... »

Et, soudain volubile :

« C'est une montre qu'elle a toujours eue. Comme elle n'a plus de famille, elle a trouvé naturel de m'en faire cadeau...

— Tu ne peux pas dire ça à ta mère. Elle prétend que tu l'as volée. L'autre jour, elle a trouvé deux billets de cent francs dans ta poche... »

M. Cholet posa sur son fils un regard presque suppliant.

« Tu es sûr, Jean, que tu ne fais rien de mal? »

Jean ne pleura pas. Jamais, pourtant, il n'avait été si près d'une confession brûlante. Peut-être ailleurs eût-elle eu lieu? Mais le bureau était trop vaste, trop froid. Ils n'arrivaient pas à eux deux à animer tout l'espace. Dehors, des gens passaient de temps en temps dans un clair soleil.

« Tu n'as pas confiance en moi? » riposta-t-il.

Il eût suffi d'un rien, d'un mot, d'un geste, peut-être seulement d'être plus près de son père, dont trois mètres le séparaient! Et il n'aurait pas fallu cette loggia douillette où la tache bleue réapparaissait!

« Mère ne peut pas comprendre. Pour elle, un jeune homme doit rester sage jusqu'à son mariage. »

122

Il savait qu'il en avait été ainsi pour son père, dont la seule distraction, jusqu'à l'âge de vingt-cinq ans, avait été de jouer des pièces dans un patronage.

« J'essaie de ne pas lui faire de peine, mais elle s'en fait elle-même, elle cherche à s'en faire par tous les moyens, comme tante Poldine qui a toujours besoin de pleurer... »

Il parlait d'abondance. Il avait peur du silence.

« J'ai l'âge d'avoir une amie, et je suis assez intelligent pour ne pas m'y laisser prendre.

— Elle est jeune? demanda M. Cholet qui semblait vouloir l'aider.

— Je ne sais pas. Peut-être vingt-cinq ans...

— Elle n'essaie pas de se faire épouser? »

Il trouva un ton indigné pour répondre :

« Il ne manquerait plus que ça! »

Il s'échauffait. Il n'avait presque plus peur.

« Il m'arrive de n'être pas tranquille non plus, avouait M. Cholet en buvant une gorgée de café. Tu as une belle carrière devant toi. Tout le monde me le répète. Je sais d'autre part qu'à ton âge tu as besoin de distractions... »

Il s'excusait d'un aussi long sermon et, pour en effacer l'impression, il questionna avec un bon sourire :

« Elle est jolie? »

Lulu n'était pas jolie. Mais, pour M. Cholet elle devait l'être.

« Très jolie! C'est une artiste. Elle est à

Nantes tout à fait par hasard, car elle joue d'habitude dans les théâtres de Paris.

— Gentille ? »

Ce n'était plus pour lui, c'était pour son père que Jean mentait, et aussi pour prolonger cette conversation qui créait une ambiance réconfortante.

« Elle fait tout ce que je veux. C'est plus une esclave qu'une maîtresse.

— Prends quand même garde !

— Moi ? Je pourrais tout aussi bien la quitter demain. Cela m'amuse, et c'est tout. »

Il avait chaud. Il n'avait plus envie de s'en aller. Il sentait que son père le regardait avec une admiration attendrie, et il jouait son rôle comme il le jouait partout, au journal, au commissariat, à *L'Ane Rouge*. Mais ici, il le jouait mieux parce qu'il ne rencontrait ni résistance ni scepticisme. Il fut pourtant arrêté dans son élan en regardant la montre.

« Si je la laissais faire, c'est tous les jours que je recevrais des cadeaux.

— Que vas-tu dire à ta mère ?

— Je ne sais pas encore. Je voudrais lui éviter de la peine.

— Au fait, tu n'as pas déjeuné. Veux-tu que... »

M. Cholet montrait le journal qui lui servait de nappe, le sandwich qui restait, la tasse à moitié pleine de café. Cette fois, Jean dut détourner la tête, car il avait les yeux trop brillants.

« Non. Je dois déjeuner en ville. A une heure et demie... »

Il mentait pour faire plaisir comme il mentait pour obtenir de l'argent, ou pour s'absenter du bureau, ou seulement pour éblouir. Il mentait par cascades. Un mensonge en appelait un autre et parfois il se sentait comme submergé par tant de choses imaginaires.

« Il faut trouver une explication. Ta mère est méfiante... »

Jean était las, soudain. Mais il n'était plus possible d'arrêter le mouvement qui l'entraînait Dieu savait où.

« Voilà! Je lui dirai que le 1er janvier, nous avons reçu un treizième mois pour les étrennes et que j'ai acheté cette montre...

— Tu penses qu'elle le croira? »

Son père roulait une cigarette, renversait un peu sa chaise en arrière.

« Elle est capable d'aller voir M. Dehourceau. »

Tant pis! Jean haussa les épaules.

« Reprends ta montre. »

Ils n'avaient plus rien à se dire. Et cependant, on sentait que M. Cholet eût bien voulu retenir encore son fils.

Il était toujours seul, de midi à deux heures, dans le bureau inutile.

« Tu n'as pas besoin d'argent? »

Jean en avait besoin. La veille encore, il avait eu la fantaisie d'offrir une bouteille de champagne, parce que le vieux Doyen rentrait à Paris.

Mais il dit non. Il s'en repentit tout de suite, car il lui faudrait inventer une histoire ailleurs, taper quelqu'un de *La Gazette*.

« Tu t'en vas? Au revoir, fils! »

Il n'osait pas dire :

« Fais attention! »

Mais il y avait de l'inquiétude dans son regard.

« Au revoir, père. »

C'est dans la rue, en marchant, qu'il pleura, peut-être d'énervement, peut-être aussi à l'idée des deux cents francs qu'il lui fallait coûte que coûte avant le soir. C'étaient de drôles de larmes. Il se parlait à lui-même, par petites phrases hachées. Il n'avait pas déjeuné, mais il rentra ainsi au bureau où il trouva Léglise qui ramassait les miettes de pain.

Mlle Berthe ne lui parlait plus, évitait de le regarder. Son visage était plus sévère encore qu'auparavant, ce qui la rendait laide. Même au téléphone, sa voix était hargneuse.

« Oui... oui... oui... »

Et les signes sténographiques remplissaient les feuillets de son bloc.

« Tu as déjà déjeuné? »

Pourquoi Léglise le regardait-il d'un œil soupçonneux? Tout le monde le regardait ainsi, avec un mélange de curiosité amusée et de méfiance. Debras lui-même plissait les paupières en l'observant.

« Vous êtes en avance!

— Merde! » répliqua-t-il.

Et il attira vers lui une pile de livres dont il devait rendre compte en quelques lignes. Il devait quatre cents francs à la caissière et des petites sommes à tout le monde. Chacun savait, sauf M. Dehourceau, qu'il n'assistait plus aux conférences ni aux réunions, et qu'il faisait ses comptes rendus de chic. La veille, il avait appris à la dernière minute que l'orateur dont il résumait le discours n'avait pu venir à Nantes.

N'empêche qu'à neuf heures et demie il pousserait la porte de *L'Ane Rouge* et prendrait place près de Lulu, sous le regard ironique de la divette aux fortes cuisses. Il y avait des soirs où il n'adressait même pas la parole à Layard qui rigolait, et le pianiste avait pris l'habitude de lui demander en endossant sa méchante gabardine :

« Vous venez, ou vous montez? »

Dans le courrier, il trouva une enveloppe qu'on avait oublié d'ouvrir. Elle contenait un billet de cent francs pour les œuvres et une lettre qui demandait quelques lignes sur un mariage célébré la veille. Il s'assura qu'il n'y avait personne derrière le guichet, glissa le billet dans sa poche et écrivit l'entrefilet.

De l'autre côté de la cour, le dos de M. Dehourceau se découpait en noir sur les vitraux illuminés.

Mlle Berthe s'avança pour mettre son chapeau devant la glace mais elle partit sans un mot, le chapeau à la main.

9

Il s'arrêta net devant le comptoir, sans regarder autour de lui, et commanda un marc. C'était une buvette pour charretiers, au coin de la rue.

« Encore un ! »

Son visage était ruisselant de pluie, ses traits tirés, ses prunelles fixes. Il y avait dans ses gestes et dans sa voix une netteté exagérée. Il paya, fonça vers la rue noire, vers sa maison, dans un mouvement de vertige, comme si le poids de sa tête l'eût entraîné en avant. De ce qu'il y avait à sa gauche et à sa droite, il ne voyait rien. Du dernier bistrot, il ne se rappelait qu'une sensation de tiédeur et une odeur de marc.

Il se vit chez lui, dans le corridor, accrochant son imperméable au portemanteau de bambou. Puis il s'avança vers la porte vitrée de la cuisine, s'assit devant la table servie et s'entendit prononcer :

« Bonjour. »

Son père et sa mère avaient dîné. M. Cholet

129

dans son fauteuil d'osier, près du poêle, lisait le journal. Mme Cholet se leva pour servir son fils. De tout cela, Jean se rendit compte, sans y prêter attention, sans regarder, plutôt par divination.

Le sang circulait si vite dans ses artères qu'aux poignets, par exemple, la sensation était angoissante. Il voyait mal, les pupilles dilatées par la nervosité. Mais surtout, il avait l'impression d'avancer dans le temps, dans l'espace, dans la vie, à une allure effrayante, sans pouvoir freiner.

C'était fini! Fini! Fini!

Tout était fini, depuis une heure. Il y avait si longtemps qu'il s'y attendait que c'était un soulagement. Peut-être seulement avait-il eu tort d'entrer dans quatre ou cinq bars et d'y boire chaque fois deux verres d'alcool. Cela allait trop vite! Ses sensations étaient trop aiguës! Il voyait des choses qu'il ne voulait pas regarder comme, sur le mur peint en vert clair, à droite de la fenêtre, un calendrier avec un gros chiffre : 23 mars.

Et, juste en face, l'horloge de faïence qui marchait avant sa naissance : 9 h 10! L'angle des aiguilles grandissait. Le plus odieux, c'était le tic-tac qui ne ressemblait au tic-tac d'aucune horloge. Quand Jean était tout petit et qu'il passait des heures à jouer à la locomotive avec une chaise retournée, il l'entendait déjà. La chaise était encore de l'autre côté de la table, mais on ne s'en servait plus, parce qu'elle était cassée.

23 mars! 9 h 10!

Il mangeait goulûment, la respiration forte, en regardant droit devant lui, et il étouffait à force de mettre trop de nourriture en bouche.

« Tu as bu », dit sa mère en se rasseyant.

Il ricana. Ce n'était plus la peine de répondre! Bu ou pas bu, c'était exactement la même chose. Son père leva les yeux par-dessus son journal pour l'observer, puis tourna la page qui crissa.

23 mars!

Et ils ne se doutaient de rien, ni l'un ni l'autre! Pour eux, c'était un soir comme tous les soirs qui coulait lentement. Le poêle ronflait. Parfois le fauteuil d'osier gémissait. Et l'horloge...

Jean avait les cheveux collés aux tempes par la pluie qui tombait à verse. Il n'osait pas regarder son père, par crainte de perdre son sang-froid, peut-être de pleurer, ou d'avoir une crise de nerfs?

9 h 20! Encore une heure!

C'était décidé. Il le fallait. Mais sa gorge enflait de plus en plus. Son regard tomba sur la chaise qui se transformait en train et il se souvint d'un matin de printemps, de sa mère grimpant sur la table et le laissant par terre au milieu de ses jouets parce qu'une souris trottinait à travers la cuisine.

On ne lui parlait pas. Il y avait déjà longtemps

que Mme Cholet n'avait plus avec lui que les conversations indispensables.

Elle devait s'étonner de le voir rester là, les coudes sur la table, alors qu'il avait fini de manger.

« J'espère que tu ne sors pas? »

Il répondit par un souriré. Non, il ne sortait pas! Il allait rester avec eux un quart d'heure, le dernier quart d'heure, dans la cuisine, près du feu, puis...

« Tu as l'air fatigué, remarqua son père, qui lisait la chronique locale.

— Ce n'est rien. »

Il n'insista pas. Il ne savait pas. C'était son dernier quart d'heure, à lui aussi, son dernier quart d'heure à avoir un fils. Peut-être ne le reverrait-il plus jamais? Jean n'osait pas le regarder. Il fixait le mur devant lui, mais il voyait quand même la silhouette de son père, et sa cigarette qui fumait doucement. Trop doucement! Il bourra une pipe, lui, mais oublia de l'allumer et il la retira bientôt de sa bouche parce qu'elle soulignait le tremblement de ses mâchoires.

23 mars! 9 h 25!

Le chiffre, sur le calendrier, était affreux. Un gros chiffre tout gonflé d'encre noire et luisante. Sur la cheminée, il y avait une boîte à café qui portait sur chaque face une image en couleur de Robinson Crusoé. Jean se leva, la prit dans ses mains. Il connaissait tous les détails des quatre images. Les raies dans la peinture, c'est lui qui les avait faites quand il avait quatre ou cinq ans.

Debout derrière son père, il voyait son crâne presque chauve marqué au centre par une dénivellation semblable à une cicatrice.

« Je vais me coucher », dit-il.

Il était à bout. Il se pencha, les yeux clos, toucha de ses lèvres les tempes de M. Cholet.

« Bonsoir, fils. »

Il faillit ne pas embrasser sa mère, car il n'était plus sûr de lui. Il se courba pourtant et elle effleura la joue qu'il lui tendait.

Il gravit l'escalier en courant, ne fit pas de lumière. Malgré la fraîcheur, il ouvrit la fenêtre toute grande et aperçut les petits jardins entourés de murs, tapis dans l'ombre mouillée.

Il avait les pieds détrempés ; ses semelles étaient trouées.

« 23 mars ! Vite !... Vite !... »

Ses parents montaient enfin, pénétraient dans la chambre voisine. Il était temps ! Il tendit l'oreille. Son père se coucha le premier. Sa mère dit :

« Il était encore soûl.

— Je ne crois pas.

— Je n'ai qu'à entendre sa respiration. »

Or, il n'était pas soûl. Aujourd'hui, il pourrait boire autant qu'on voudrait sans s'enivrer.

Couchés côte à côte, ses parents continuaient à causer, mais ce n'était plus qu'un murmure. Ils baissaient la voix. La lumière était éteinte.

Jean ne pouvait plus attendre. Il prit sa valise en fibre, sous la garde-robe, ouvrit une armoire.

jeta pêle-mêle du linge, un complet. Si même on l'entendait sortir, on ne s'en inquiéterait pas plus que les autres jours. Il ouvrit la porte. Derrière la porte de gauche, son père était couché sur le dos en attendant la crise qu'il avait chaque soir vers onze heures.

L'escalier. Le corridor. Il arracha sa gabardine du portemanteau et sortit sans l'endosser, longea le bord du trottoir, moitié marchant, moitié courant.

Il eut un grand frisson en entendant des pas derrière lui, comme s'il eût couru un danger. C'était un voisin qui allait jouer aux cartes et à part eux deux la rue était vide, plus vide que toutes les autres rues à cause du mur interminable de l'école.

Cholet avait ralenti le pas. Sa fièvre était tombée au point qu'il resta un moment amorphe, au bout du pont, à regarder la ville et ses rangs de candélabres. Que faisait-il là, avec sa petite valise et sa gabardine sur le bras, alors qu'il pleuvait toujours?

23 mars.

Il n'avait plus envie de pleurer ni de s'attendrir. Ses jambes étaient lasses. Au coin de la ruelle, il entendit le piano de *L'Ane Rouge* et la voix aiguë de Nelly. Il n'avait pas le courage d'entrer, de parler, d'expliquer. Dans quelques minutes, Lulu sortirait, puisque le train était à 11 h 27. Il y avait de la lumière dans sa chambre où elle devait boucler sa valise. Il déposa la sienne sur un seuil, le temps d'endosser sa gabardine qui lui colla davantage au corps son veston mouillé.

La ruelle était vide. Le carrefour au bout était vide. Toute la ville était vide, d'un vide éclairé par des milliers de lumières. Le piano avait le son d'un instrument qui joue dans une pièce vide.

Jean recula de quelques pas, s'enfonça dans l'ombre pour que Lulu ne le vît pas en sortant. Elle ne savait rien. Elle croyait partir seule. Ils avaient pleuré tous les deux, la veille en s'étreignant.

Layard la mettait dehors parce que Nelly qui était plus gaie, plus familière avec les clients, avait insensiblement pris sa place.

« Tu comprends, toi, tu fais triste », disait le cabaretier.

Mais elle ignorait que Jean allait partir avec elle. Il l'ignorait lui-même deux heures plus tôt et pourtant, la veille, il avait senti qu'il ne lui disait pas un véritable adieu.

Tandis que ce soir, à son père...

Il faillit courir chez lui, l'embrasser, lui dire surtout de bien l'embrasser, très fort et très longtemps. Car son père lui avait dit bonsoir n'importe comment! Il n'avait pas pris la peine de vivre cette soirée plus profondément qu'une autre.

La porte s'ouvrit. C'était Layard qui venait jeter sa cigarette sur le trottoir. Il n'y avait presque personne à l'intérieur. Cholet marcha. Deux fois, il alla jusqu'à la place du théâtre et la troisième fois, quand il fit demi-tour, une silhouette de femme traversait la ruelle en courant, une valise à la main, comme une fourmi qui porte un fardeau plus gros qu'elle.

Jean n'avait que quelques pas à faire. Ils marcheraient ensemble. Ils s'aideraient l'un l'autre. Mais il préféra suivre Lulu de loin, comme s'il eût hésité encore. A cause de la pluie, elle avait mis son plus vieux manteau, un manteau verdâtre qui n'avait plus de forme. Sa valise lui heurtait les genoux à chaque enjambée. Elle marchait de travers, une épaule plus haute que l'autre.

On tourna à droite, puis à gauche... Des taxis... Des tramways arrêtés... Une horloge jaune... La gare...

Il fonça pour arriver en même temps qu'elle au guichet. Elle disait :

« Une troisième simple Paris.

— La même chose! »

Elle le regarda avec stupeur, comme prise de peur. Il avait un drôle de sourire, où filtrait un orgueil forcé, une joie pas tout à fait saine.

« C'est moi! »

Elle croyait qu'il ne partait qu'à cause d'elle. Elle en était troublée, heureuse et effrayée.

« Il ne faut pas, Jean! »

Mais ils devaient se presser, faire poinçonner leur billet, traverser des voies et courir le long du train à la recherche des troisièmes classes.

« Réfléchis, dis! »

Elle lui criait ça sans s'arrêter, les genoux

heurtés par sa grosse valise qu'il oubliait de lui prendre des mains.

**

Ils étaient quatre dans le compartiment au plancher strié de rigoles d'eau. Sur le banc d'en face, deux soldats fermaient les yeux, les ouvraient, les refermaient, coulant chaque fois vers Lulu un regard lourd de désir.

Jean s'était calé dans un coin, la nuque sur sa gabardine roulée en boule. Il avait fait coucher sa compagne de tout son long et, la tête sur ses genoux, elle dormait, ou feignait de dormir. Il faisait trop chaud en dépit des filets d'air qui glaçaient soudain la nuque ou l'oreille. On avait essayé vainement de mettre en veilleuse la lampe qui inondait le compartiment de lumière crue. Lulu, les paupières endolories, avait pris la main de Jean et l'avait mise sur ses yeux tandis que les soldats regardaient ses jambes très découvertes.

Jean ne dormait pas, ne veillait pas non plus. Le rythme du train s'était emparé de lui et était devenu le rythme même de son sang et de sa pensée. Après des minutes d'immobilité, il était forcé de bouger et la tête de Lulu glissait sur ses cuisses. Les premières fois, elle avait demandé :

« Tu n'es pas bien ?

— Mais si !

— Tu devrais t'étendre aussi. »

Jean ne répondait même pas. Elle n'avait rien compris. Il fermait les yeux et une image l'assaillait, pas toujours la même, mais toujours déprimante.

Depuis un mois, cela lui arrivait souvent quand il se couchait, en moins fort. Il revoyait, par exemple, le petit bureau de Léglise, au plancher jonché de papiers, l'honnête tête du rédacteur et lui-même prononçant avec une fausse désinvolture :

« Écoutez... C'est entre nous... Hier, je me suis fait voler un billet de cinq cents francs par une femme... »

Il ne voulait pas se souvenir du reste, mais cela venait tout seul : il promettait à Léglise de lui rendre l'argent à la fin du mois, parlait de ses parents qui ne pouvaient pas comprendre...

C'était aussi crispant que quand sa mère raclait avec un couteau le fond d'une casserole. Il en avait les nerfs raccourcis.

Il ouvrait les yeux. Un des soldats les fermait vivement pour ne pas laisser voir qu'il contemplait les genoux de Lulu. Elle avait les joues empourprées, les cheveux défaits. Entre les mèches, on apercevait le crâne ivoirin.

Et quand il avait parlé au commissaire chargé de la police des mœurs! C'était idiot! Qu'est-ce qui l'avait poussé à prendre cet homme à part, à lui dire, tout faraud :

« Vous connaissez *L'Ane Rouge?* J'ai là-bas une petite amie Lulu. Vous seriez gentil de me montrer sa fiche... »

Ce n'était même pas de la forfanterie, mais un vertige, un besoin de se couler.

138

La tête de Lulu roulait sur ses genoux. Il devait la soutenir de la main. Il avait chaud et froid et ses épaules étaient imprégnées de pluie.

Il s'acharnait à chasser ces images, se repliait sur lui-même pour leur offrir moins de prise, mais elles revenaient plus nettes et plus crues, comme le pantalon de toile de Mlle Berthe et le goût fade de sa bouche entrouverte.

Un soldat ronflait. L'autre, les yeux mi-clos, balançait la tête d'une épaule à l'autre et les souliers de Lulu étaient par terre.

Jean voulait penser à autre chose, ou plutôt ne pas penser du tout. Mais alors il se revoyait à la caisse du journal, parlant avec volubilité pendant un quart d'heure pour lâcher enfin :

« A propos, donnez-moi donc deux cents francs d'avance sur mes frais de reportage. »

Il devait de l'argent à tout le monde : à son confrère de l'*Ouest-Éclair,* au secrétaire de rédaction, à Gillon. Il n'aurait pas pu dire comment il le dépensait. Ce n'était pas avec Lulu. C'était plutôt, à *L'Ane Rouge,* des tournées et des tournées que personne ne lui demandait d'offrir.

Le train s'arrêtait dans une gare. On voyait un quai, des portes, des gens qui couraient.

« Où sommes-nous ? questionna Lulu d'une voix que déformaient ses lèvres sèches.

— Je ne sais pas.

— J'ai soif. »

Il n'avait rien à boire. Il avait soif aussi. Sa bouche était pâteuse, sa gorge brûlante.

« Tu ne dors pas?

— Si. »

Le bruit du train lui manquait, le laissait en équilibre instable et quand on se remit en marche, il s'enfonça à nouveau dans son coin, les yeux fermés.

Il ne voulait pas évoquer son père. Il se raidissait. Mais tout, absolument tout, lui revenait à l'esprit, tous les mensonges, toutes les exagérations, tous les trucs!

Il allait au bureau à l'heure de midi et il savait comment s'y prendre, racontait des histoires croustillantes, parlait d'amours sans lendemain, de jeunesse à passer. Et son père qui n'avait pas eu de jeunesse s'attendrissait, s'excitait même à travers Jean!

Lulu n'était pas assez prestigieuse. Cholet avait inventé une femme mariée, puis une première chanteuse d'opérette, avec tous les détails qu'il racontait d'un air désabusé et qui lui valaient cent ou deux cents francs!

N'était-ce pas maintenant l'heure où son père avait sa crise, où il se levait, restait debout, tout raide près du lit, à attendre sans lumière que le calme se rétablît dans sa poitrine?

Cela ne pouvait pas durer, Jean le savait depuis longtemps. Il détestait tout le monde : M. Dehourceau et sa gravité bonasse, Léglise qui travaillait douze heures par jour pour gagner neuf cents francs en bout de mois, Gillon, Gillon surtout, toujours correct, toujours tiré à quatre épingles, pantalons rayés, veston bordé, sûr de lui, déjà solennel à moins de trente ans, fiancé à la fille d'un des médecins les plus riches de la ville.

Vers cinq heures, à la rédaction, quand le journal était fini et que, la rotative communiquant aux murs sa trépidation, on se retrouvait tous ensemble dans le bureau, Jean attaquait son confrère, lui lançait des plaisanteries qui faisaient rire aux éclats Léglise et la dactylo.

Il s'excitait, avait parfois de véritables trouvailles, imitait à merveille la démarche de Gillon, sa façon de parler, de s'asseoir, d'écrire.

« Vous comprenez, moi, ce qui m'intéresse, c'est l'application de la formule à l'économie politique!... »

A mesure qu'on riait, Jean, devenait plus méchant et aujourd'hui même il avait...

Il aurait donné tout, n'importe quoi, la moitié de sa vie pour ne plus y penser!

« Qu'est-ce que tu as? balbutia Lulu dans son sommeil.

— Rien.

— Tu remues tout le temps. »

Il revoyait Gillon debout près du portemanteau, Léglise qui mettait son cache-nez et son pardessus, Mlle Berthe qui apportait les dernières dépêches. Gillon venait de recevoir un coup de téléphone de sa fiancée. Jean savait que Lulu partait le soir même.

« Tu ne nous la montreras pas un jour, ta dulcinée? »

D'habitude, Gillon ne répondait pas, préférait

laisser passer l'avalanche en esquissant un sourire supérieur.

« C'est vrai qu'elle boite ? »

Léglise éclata de rire et cela suffit pour exalter Cholet.

Gillon regarda de l'autre côté. Jean eut bien l'impression que la porte s'ouvrait, mais il crut que c'était Debras, le metteur en pages, qui revenait avec la copie du patron. Il était lancé. Il ne pouvait plus s'arrêter.

« Cela n'a pas d'importance, vieux ! Il ne faut pas rougir pour si peu. Son père est conseiller général, n'est-ce pas ? Voilà déjà pour la boiterie ! A partir de ce grade, cela ne compte plus ! Quant à l'œil qui regarde de travers, il y a les cent mille francs de dot pour... »

Il vit encore, l'espace d'un quart de seconde, le rire déjà moins franc de Léglise.

On lui serrait l'oreille entre deux doigts. C'était Gillon, qui réagissait enfin ! Cholet ne pouvait pas se dégager. Sa tête était forcée de suivre les mouvements que la main lui imprimait.

« Écoute, fiston ! Quand on est une vilaine petite crapule et qu'on doit de l'argent à tout le monde, on a la pudeur de se taire. Compris ? »

Il y eut une secousse plus forte. Jean faillit trébucher. Il eut le temps d'entrevoir M. Dehourceau qui était dans le cadre de la porte et qui, gêné, s'éloignait.

« Jean ! Qu'est-ce que tu as ? »

Lulu ne pouvait pas se rendormir, tant il s'agitait.

« Rien. Dors...

— Tu ne tiens pas en place.

— Mais si ! »

Il se serait mis à genoux pour ne plus y penser ! Son oreille en était encore chaude et cuisante. Gillon était un imbécile, un solennel imbécile, comme il l'appelait depuis toujours, au grand amusement de la rédaction et des confrères. N'empêche qu'il n'avait trouvé à lui répliquer en se redressant qu'un pitoyable :

« On verra ça demain ! »

Il était entré dans un bistrot, puis dans un autre. Il avait marché sous la pluie. Il n'y avait même plus de décision à prendre ! Elle était prise ! Depuis longtemps, il attendait la catastrophe. Mais il l'aurait mieux aimée autrement. Il respirait mal. Lulu se souleva sur un coude.

« Tu ne te sens pas bien ? »

Le soldat d'en face les regardait avec envie. Lulu dégageait une odeur de cheveux mouillés. Elle ramassa son écharpe maculée de boue.

« Dors.

— Tu regrettes déjà ?

— Mais non ! Je t'en supplie, laisse-moi ! »

Il n'y penserait plus. Il en avait mal partout. Ses orteils étaient roidis par une crampe. On s'arrêtait dans une grande gare. Lulu en profita pour aller au lavabo, revint avec de la poudre mal appliquée sur ses maigres joues et il la regarda froidement, sans la moindre tendresse.

« Tu as une drôle de tête. Je t'avais bien dit... »

Elle avait des remords. Son front se plissait et cela lui donnait l'air d'une petite vieille.

« Tu crois que Speelman est à Paris? questionna-t-il.

10

Jean attendait sous le dernier réverbère à droite, juste à l'angle de la rue Caulaincourt et de la place Constantin-Pecqueur, en face du 67, où, quand elle était à Paris, Lulu habitait chez sa tante.

D'un côté de la porte, il y avait une teinturerie; de l'autre, la boutique d'un bougnat. Le printemps ne venait pas. Fin avril, Cholet enfonçait les mains dans ses poches, pour ne pas avoir le bout des doigts glacé.

Il était huit heures et quart. Lulu ne sortait pas. Jean avait vu passer la plupart des locataires qui allaient vider dans la cour les boîtes à ordures, mais il ne s'impatientait pas, car il avait l'habitude.

Quand elle apparut soudain, elle n'avait ni manteau ni chapeau et elle portait un sac de toile cirée accroché à son bras. En dépit des autobus, elle traversa la rue en courant, prit le bras de Jean d'un geste familier.

« Viens vite. Je n'ai que quelques minutes. »

Il en fut contrarié. Elle était mal peignée. Sa robe de laine noire était couverte de taches.

« Tu ne sors pas ce soir?

— Non. Ma tante a ses douleurs. Je dois rester pour le cas où elle voudrait un cataplasme. »

Il ne dit rien. Suivant le trottoir, ils atteignaient la partie la plus commerçante de la rue, au-delà de la place.

« Je me suis arrangée pour faire des courses. Mais toi? De bonnes nouvelles? »

Il haussa les épaules, car elle savait bien qu'il n'avait pas de bonnes nouvelles.

« Au *Petit Journal?*

— Je dois y retourner dans quelques jours. »

Ce n'était pas vrai. Il n'y était pas allé. Il était resté jusque trois heures de l'après-midi dans sa chambre d'hôtel et depuis lors il errait dans les rues.

Comme Lulu était plus petite que lui, elle se suspendait à son bras et sautillait en marchant.

« Attends! Il faut que j'entre ici... »

Il entra avec elle. Il y avait cinq personnes avant eux, qui achetaient du beurre, des œufs ou des légumes cuits qu'on voyait stagner, verts et jaunâtres, dans des plats de faïence.

« Ton hôtel? questionna Lulu à voix basse, tout en tâtant des artichauts.

— Fini, naturellement.

— Et le mandat que tu attends?

— Il ne peut arriver avant demain. »

Elle l'enveloppa d'un regard bref, mais aigu.

C'était son tour d'acheter. Elle prit deux artichauts cuits et un quart de beurre, paya avec de la menue monnaie qu'elle compta sur le marbre du comptoir.

« Viens. »

Dehors, elle lui serra le bras plus fort. C'est elle qui ralentissait le pas, car ils se rapprochaient du 67.

« C'est simple. A onze heures, tu n'auras qu'à entrer dans la maison. Bredouille un nom en passant devant la loge. Tu monteras au troisième. Je serai derrière la porte de gauche. A onze heures juste!

— Ta tante!

— Elle est presque sourde. Tu en seras quitte pour partir demain avant qu'elle soit levée.

— Tu crois?

— Vite! C'est oui? Embrasse-moi... »

Et elle tendit le bout des lèvres, traversa la rue en courant, son sac à provisions lui battant les hanches.

Jean n'avait même plus trois francs en poche. Il se tourna vers la place et vit qu'il y avait déjà des lumières au *Lézard,* un cabaret dans le genre de *L'Ane Rouge* où ils allaient souvent, Lulu et lui. Ils y allaient même presque tous les jours parce que Lulu, qui y avait chanté jadis, n'avait pas besoin de payer les consommations.

Mais il n'y avait encore personne. Il préféra descendre jusqu'à la place Clichy, remonter la rue Caulaincourt, descendre encore pour attendre dix heures. Il n'était pas triste, ni désespéré. Il l'était moins que dans le train qui, deux mois plus tôt, l'avait amené de Nantes.

Il était vide, voilà tout ! Et il n'avait pas le courage de tenter le plus petit effort. Sa seule démarche avait consisté à se présenter au directeur d'un grand journal. Sur sa carte, il avait écrit : « Jean Cholet, de *La Gazette de Nantes.* » Il avait attendu deux heures dans une antichambre qui ne désemplissait pas et où les visiteurs se connaissaient, se serraient la main avec des exclamations de joie, s'entraînaient dans les coins pour chuchoter. Il y avait surtout des gens d'un certain âge, très soignés, très bien habillés, chevaliers ou officiers de la Légion d'honneur qui pénétraient dans des bureaux différents à moins que les gens de ces bureaux ne vinssent à eux.

« Je vous en prie, cher ami ! »

Deux fois Cholet demanda à l'huissier si l'on ne l'avait pas oublié. La première fois on lui dit :

« Le patron est en conférence. »

La seconde :

« Le ministre n'est pas encore sorti. »

Il finit pourtant par entrer dans un vaste bureau aux tentures rouges. Une main toucha la sienne.

« Asseyez-vous, mon cher confrère. »

Et Jean parla, sans rien voir, dit qu'il voulait percer dans le journalisme parisien, qu'il savait un peu tout faire, y compris un billet quotidien.

« Parfait, parfait ! Eh bien, c'est entendu. Dès que je verrai une possibilité dans le sens que vous voulez bien m'indiquer, je vous écrirai à votre journal. Présentez, je vous prie, mon souvenir affectueux à M. Dehourceau. »

Il n'essaya pas ailleurs. Il se sentait trop étranger à tout ce qui l'entourait. A tout, même à la ville! Il ne l'aimait pas. Le matin, les gens qui se précipitaient à leur travail s'entassaient dans les bars poisseux pour avaler un café-crème et manger un croissant, s'accrochaient à la plate-forme des autobus ou s'enfonçaient dans le métro, l'effrayaient.

Maintenant encore, tandis qu'il longeait le trottoir à peu près désert, il avait comme une nausée à l'idée des millions d'êtres anonymes qui gravitaient autour de lui.

Ce n'était pas la peine de tenter quelque chose, il le sentait. Tout cela était provisoire. Il attendait la délivrance, mais il ne savait pas sous quelle forme elle se présenterait. De toute façon, il n'avait pas à s'en occuper, puisqu'elle ne pouvait venir de lui.

Le troisième jour de son arrivée, après avoir vidé cinq ou six verres au *Lézard,* il avait écrit à ses parents une longue lettre à laquelle il préférait ne plus penser. Il avait le sang à la tête. Dans un style ampoulé, il parlait de fuir la médiocrité, de dominer le sort, de se faire un nom dans...

Et son père lui avait répondu, poste restante comme il le demandait :

« ... *si tu as des difficultés, écris-moi au bureau.
Il vaut mieux laisser croire à ta mère que tout va
bien.* »

Il venait de lui écrire, au bureau! Mais pas
une lettre désespérée, bien qu'il n'eût pas bu
avant de s'asseoir devant une feuille de papier.

« ... *Je touche au but... Déjà je suis introduit
dans le monde journalistique et l'on m'a confié des
travaux importants... Ce qui est indispensable,
pour le moment, c'est d'avoir un smoking, car je
suis sans cesse invité à des soirées où il faut être
habillé... il en existe à six cents francs...* »

Ce n'était pas vrai! Mais qu'est-ce que cela
pouvait bien faire? Il fallait durer. Il fallait
attendre. C'était encore Lulu qui s'affolait le
plus. Il est vrai qu'elle était sans engagement.
Elle avait voulu voir Speelman, mais il était en
tournée du côté de Bordeaux ou de Saintes. On
n'avait pas davantage pu mettre la main sur
Gybal.

« Bah! demain, j'aurai le mandat télégraphique... »

Il avait fait trois fois le chemin de la place
Constantin-Pecqueur à la place de Clichy. Il
devait être près de dix heures et il poussa la
porte du *Lézard*, où il n'y avait que six
personnes. Le patron vint lui serrer la main.

« Ça va? Et Lulu?

— Elle n'est pas libre ce soir.

— Pourquoi? ajouta-t-il.

— Elle chante dans un salon! »

Il mentait, comme ça, par habitude, ou plutôt pour dire quelque chose. Le vieux Doyen était là depuis huit jours, avec ses mêmes chansons lugubres.

« Bonjour, jeune homme! »

Le pianiste ressemblait à celui de Nantes. Il avait sa pâleur, son impassibilité, son sourire dégoûté quand il regardait le public.

« Une coupe de champagne? »

Cela voulait dire qu'un client avait laissé du champagne dans sa bouteille. C'était la première fois que Jean venait seul et, en somme, il n'avait droit aux consommations gratuites qu'en qualité de compagnon de Lulu. N'empêche qu'il était au chaud, dans son coin de banquette, avec une bonne heure à passer, et qu'il ne pensait pas.

« Tu n'as toujours rien trouvé?

— J'ai des choses en vue. »

Ils ne le croyaient ni l'un ni l'autre. C'était sans importance! Jean n'était là, incrusté au milieu de la vie de Montmartre, de la place Constantin-Pecqueur, de la rue Caulaincourt, que comme un passant. La meilleure preuve, c'est qu'il ne se donnait pas la peine de se raser, qu'il soulignait même à plaisir la négligence de sa toilette.

Un jour ou l'autre, il s'en irait, il ignorait comment, mais quand il sentait quelque chose aussi intensément, cela arrivait toujours. A Nantes aussi, le dernier après-midi, lorsqu'il se rendait au journal, il avait l'impression très nette que Lulu ne partirait pas seule. Et pourtant il n'imaginait même pas la possibilité de rompre avec tout, avec le journal, avec ses parents et la ville pour suivre la chanteuse!

C'était arrivé quand même! Tout ce qui devait arriver était arrivé! Or, il savait qu'il n'était pas né pour traîner sa misère à Paris, ni pour être toute sa vie l'amant d'une Lulu.

N'est-ce pas un peu pour cela qu'il regardait les gens avec effronterie et qu'il se complaisait à défier le sort? Et, quand il s'attendrissait dans les bras de Lulu, n'y avait-il pas un Cholet qui regardait Cholet pleurer?

A l'instant même, il se voyait dans une grande glace, enfoncé dans l'angle de la banquette, un bras déployé sur le rebord. Il avait une barbe de trois jours. Son faux col était sale, une cravate mal nouée. Dans le même miroir, il apercevait le pianiste droit sur son tabouret et, en face de lui, un bourgeois rutilant qui venait pour la première fois avec sa femme dans un cabaret de Montmartre et qui observait tout avec avidité.

Cholet devait lui faire peur, avec ses yeux fiévreux, son visage ravagé, son air absent.

Plus loin, à une autre table, le patron se penchait vers quatre personnes : deux hommes et deux femmes en tenue de soirée. Les hommes fumaient des cigares. Une des femmes tendait les lèvres vers son bâton de rouge comme vers la bouche d'un homme, en fermant les yeux à demi. Deux fois le patron se tourna vers Cholet et finit par l'apostropher.

« Hé! vieux, j'ai là le secrétaire de rédaction de *Paris-Midi*. Viens, que je te présente... »

Jean se leva avec mollesse.

« Un bon camarade de Nantes, un journaliste de talent, qui est momentanément dans la purée...

— Bonjour, mon cher confrère. Asseyez-vous. Vous prenez quelque chose?

— Merci! Je ne bois que de l'eau. »

Le patron n'en revenait pas, mais n'osait rien dire. Jean s'était assis, le visage figé dans une expression volontaire.

« Vous étiez avec Dehourceau?

— Comme vous dites!

— Belle ville, Nantes. Je me souviens...

— Infecte! »

Et il regardait les femmes avec effronterie. Le vieux Doyen chantait. Personne ne l'écoutait. Jean parlait plus fort que les autres.

« Vernier me dit que vous êtes sans place.

— C'est une façon de parler.

— Que voulez-vous dire?

— Que j'aurai une place au *Petit Journal* quand je voudrai.

— Et vous ne voulez pas?

— J'ai mon idée.

— Quelle est votre spécialité?

— Le billet quotidien et le grand reportage international. »

C'était un besoin de les scandaliser. Il avait

exactement deux francs vingt-cinq en poche. Rien ne lui prouvait que le mandat serait là le lendemain, ni même que son père l'enverrait un jour. Il obéissait à une idée qui n'était pas à proprement parler une idée, puisqu'il ne pouvait se la formuler nettement. C'était plutôt une impression, presque une superstition : *Il fallait aller jusqu'au fond des choses!* C'était le seul moyen d'en sortir. Une fois au fond, d'une façon ou d'une autre, ce serait fini. Or, il n'était pas encore tout au fond puisqu'il lui restait de la monnaie en poche et qu'il dormirait dans un lit!

Ce n'était pas cynique ni prémédité. Il y avait en lui un espoir indéfinissable qui le poussait à agir de la sorte, qui l'avait toujours poussé. A Nantes, il n'avait nul besoin d'emprunter de l'argent à Gillon et il l'avait fait! Il n'était pas nécessaire de parler de la fiancée ni de la dot. Il l'avait fait! Et à présent il dit tranquillement, en regardant, non le secrétaire de rédaction, mais les deux femmes :

« Vous êtes bien payé, à *Paris-Midi?* »

C'est l'autre qui se troubla, bafouilla :

« C'est le journal qui paie le mieux!

— Dans ce cas, j'irai peut-être voir le directeur. »

Il était content. Il se voyait toujours dans la glace, avec ses pommettes qui devenaient rouges dès qu'il se trouvait dans une pièce chauffée, ses yeux battus, ses lèvres décolorées.

« Vous m'excuserez. J'ai un rendez-vous important... »

Le patron, qui n'avait pas assisté à la conversation, le rejoignit à la porte.

« Alors, ça y est?

— Pas intéressant! A demain... »

Il était 11 heures moins 10. Lulu avait dit onze heures. Cholet déambula le long du trottoir, d'un bec de gaz à l'autre. Il n'avait jamais tant marché qu'à Paris. Il entendait en sourdine la musique du *Lézard,* voyait les vitres embuées et, à travers celles du haut, les tableaux à vendre accrochés aux murs.

Le patron croyait lui avoir rendu service en le présentant au journaliste de *Paris-Midi?* Celui-ci était persuadé qu'il faisait un acte de bonté en acceptant d'inviter Jean à sa table! Ils étaient farcés tous les deux!

Lulu aussi se donnait des airs héroïques pour le faire coucher en fraude dans l'appartement de sa tante! Est-ce qu'il n'allait pas devoir leur dire merci à tous?

Il était tout froid, tout raide sous sa gabardine qui avait deux accrocs. Il revint jusqu'aux fenêtres du cabaret pour voir l'heure à travers la porte : 11 heures moins trois!

En ricanant, il sonna au 67. Il dut sonner trois fois. Il y eut un déclic et il poussa le battant, grommela un nom indistinct, se précipita vers l'escalier.

Il était moins à son aise. Les étages n'étaient pas numérotés. Or, maintenant il connaissait les maisons de Paris qui, les unes comptent l'entresol pour un étage et les autres pas. Deux.

Trois... C'était ici, à moins que l'entresol ne fût compté. Les lampes s'éteignaient. Il n'avait pas repéré la minuterie. Des secondes s'écoulèrent et les battements de son cœur remplaçaient le tic-tac de l'horloge. Une clenche bougea à l'étage au-dessous.

Il s'était trompé. L'entresol ne comptait pas. Il descendit. Lulu, en chemise de nuit, se tenait dans l'entrebâillement de la porte, effrayée, et lui faisait signe d'entrer.

C'était chaud, dedans. Cela sentait la cuisine. Il heurta quelque chose, sans doute un porte-manteau, mais cela fit moins de bruit qu'il le craignait. On le tenait par la main. Une porte se referma et, les lèvres frôlant son oreille, Lulu articula à peine :

« Déshabille-toi! »

Pour se rassurer, il avait besoin de croire que c'était une farce, comme sa présentation au secrétaire de rédaction, et il laissa tomber ses chaussures sur le plancher. Il faisait noir. Un faible halo venait de la cour. Très loin, on apercevait des lumières guère plus grosses que des étoiles.

Tandis qu'il retirait ses chaussettes, Lulu se pencha à nouveau sur lui.

« Ma tante dort juste derrière la cloison. »

Il sourit, se mit tout nu, puisqu'il n'avait pas de vêtement de nuit, et il évoquait la tante, qu'il imaginait molle et dodue et qu'il savait à moins d'un mètre de lui.

« Attention aux ressorts! »

Ils grinçaient. Lulu regardait avec effroi la longue tache blême que le corps de son compagnon faisait dans l'obscurité.

« Ne bouge pas... Dors... Tu en as jusqu'à sept heures, car elle ne se lève pas avant sept heures et demie... Non, Jean!... Pas aujourd'hui... »

C'est justement aujourd'hui qu'il en avait envie! Parfois, il restait dix jours sans la toucher. Cette nuit, l'idée de la tante l'excitait. Cela ne faisait pas, cloison comprise, soixante centimètres d'écart entre les trois corps.

Lulu était glacée. Elle avait peur. Elle restait insensible. Et il heurta la cloison du coude.

« Jean!... » supplia-t-elle.

Et plus bas :

« Attention!... Je ne peux pas me lever pour faire ma toilette... »

Tant pis! Tant pis pour elle! Elle avait toujours les pieds froids, de l'avoir attendu derrière la porte. Quand il s'effondra à son côté, elle murmura en dominant son envie de pleurer :

« Tu n'es pas gentil! »

Elle restait couchée. On entendait bouger dans la chambre voisine. Elle dormirait ainsi et cela faisait plaisir à Cholet parce que c'était la première fois! Et pourtant il était attendri. C'était même à cause de cet attendrissement qu'il était heureux.

Il s'endormit, la tête posée sur la maigre épaule de Lulu, et dans son demi-sommeil il la sentait encore contre lui, il aspirait l'odeur du

lit, leur odeur à elle et à lui qui devenait plus
âcre avec la chaleur.

*_**

On lui secoua l'épaule. Lulu, debout, en
chemise, un sein dehors, avait le visage boule-
versé. Elle osait à peine parler. Sa voix n'était
qu'un souffle. Le jour entrait par la fenêtre, au-
delà de laquelle on voyait des centaines de toits.

« Vite ! Elle est levée... »

On entendait des pas lourds et mous dans
l'appartement.

« Cache-toi ! En dessous du lit... Elle sortira
vers dix heures, comme tous les matins, et
alors... »

Il était engourdi. Il ne comprit pas tout de
suite. Mais déjà elle ramassait ses vêtements
épars dans la chambre et les poussait sous le lit.

« J'essaierai de t'apporter du café. »

Le plancher était froid. Jean mal éveillé. Il vit
les ressorts garnis de flocons de poussière, les
pieds de Lulu qui ouvrait la porte. Jamais
encore il n'avait été aussi indifférent, aussi
détaché de tout. Il était caché sous un lit, dans
une maison qu'il ne connaissait pas, où l'avait
introduit en fraude une femme qu'il n'aimait
pas.

Car il ne l'aimait pas ! Elle s'attendrissait
trop ! Elle avait un corps maigre, avec des seins
vides. Quand elle n'était pas bien coiffée, on
voyait qu'elle avait les cheveux rares et sa peau

était, sous les fards, une peau irrégulière de paysanne mal soignée.

Il entendit aller et venir dans une autre pièce. On parlait. Il ne comprenait pas les paroles, mais il distinguait la voix plus forte de la tante, le bruit du tisonnier, le heurt des assiettes ou des bols à café au lait.

La porte était restée ouverte. Il pouvait apercevoir dans l'entrée un portemanteau en bambou comme il y en avait chez lui, avec un miroir en losange à hauteur de la tête et le manteau vert de Lulu accroché à la patère de droite.

A cette heure-ci, la place Constantin-Pecqueur devait être déserte, le *Lézard* fermé, et des chiens erraient d'une poubelle à l'autre tandis que des employés frileux se hâtaient vers l'arrêt de l'autobus pour prendre leur ticket.

Dans la cuisine, on faisait un feu d'enfer. Il en recevait des bouffées chaudes, parfumées de café. C'était long ! Les deux femmes mangeaient sans se presser. Puis Lulu revint, en peignoir, les pieds nus dans des savates, et commença sa toilette en faisant parfois dans le vide un petit signe encourageant.

« Elle va partir ! souffla-t-elle. Elle doit assister à un enterrement... »

Il ne voyait que le bas du corps, les jambes maigres marquées de petits points rougeâtres, parce qu'elle les épilait. Il entendait un clapotis d'eau froide, apercevait le bout d'une serviette reprisée.

« Ne regarde pas, balbutia-t-elle encore. Tourne-toi vers le mur. »

La chambre était pleine d'une lumière grise comme de la poussière. La chair y prenait un ton cru. On distinguait même des petites veines bleues aux mollets, des veines qui deviendraient un jour des varices. Lulu se pencha, mit son visage contre le sol pour regarder sous le lit.

« Tu n'es pas tourné...

— Cela n'a pas d'importance. »

Une voix aiguë cria :

« Lulu! Viens me passer mon corsage.

— Un instant. »

Elle rejeta la serviette, passa son peignoir. Quand elle revint, elle annonça :

« Ça va être fini! »

Et, en effet, la tante entrait bientôt dans la chambre. Cholet ne vit que des souliers propres, des bas de laine noire, un morceau de robe noire.

« Tu prendras un litre et demi de lait. Si l'on vient pour le gaz, tu trouveras l'argent dans le tiroir. »

La porte du palier se referma.

« Tu peux venir. Attends... »

Lulu alla écouter le bruit qui décroissait dans l'escalier. Quand elle revint, Jean était debout et avait déjà mis son pantalon.

« Tu n'es pas fâché?

— Pourquoi?

— Je ne sais pas. Tu as dû avoir froid. Veux-tu de l'eau chaude? Elle ne reviendra pas avant midi... »

Il n'avait pas envie de rester jusqu'à midi. Lulu l'entraîna dans la cuisine, lui servit du café.

C'était un logement assez propre, assez confortable, à peine plus pauvre que la maison des Cholet à Nantes. Il y avait les mêmes agrandissements photographiques dans la salle à manger, qui ne servait pas davantage, et déjà un ragoût était au feu.

« Tu ne dis rien. »

Il n'avait jamais vu Lulu s'agiter dans une cuisine. Or, elle vaquait aux soins du ménage avec autant d'aisance que Mme Cholet. Elle le servait. Elle sucrait son café.

« Encore un croissant? »

Sentait-elle, elle aussi, que quelque chose se passait? Il ne savait pas quoi. Elle encore moins. N'empêche qu'il était à la fois très lourd et très léger. Il était triste à l'idée qu'il ne reviendrait plus dans cette maison et, d'autre part, il y avait en lui un bondissement inexplicable, l'attrait de perspectives nouvelles.

« Tu es sûr que tu n'as pas pris froid?

— Tout à fait sûr!

— Tu ne dois pas m'en vouloir pour hier soir... »

Il dut chercher dans sa mémoire pour se souvenir de la chair indifférente de Lulu.

« Ah! oui. Je ne t'en veux pas du tout.

— J'avais tellement peur! »

161

Si elle avait pu savoir à quel point ça lui était égal !

« Encore un peu de café ?

— Merci. »

Il ne se lava même pas. Il ferait cela ailleurs, n'importe où ! Il n'était pas chez lui. Il avait hâte d'être dehors. Lulu restait demi-nue sous son peignoir et son corps était si pauvre qu'il n'aimait pas le voir dans la crudité de dix heures du matin.

« Tu oublies ton cache-col. Quand te verrai-je ?

— Probablement ce soir, comme tous les jours. »

Elle avait envie de pleurer et il ne voulait pas y assister. C'est pour cela qu'il se pressait. Il n'était pas d'humeur à pleurer avec elle, ni à s'attendrir, ni surtout à la consoler.

« Je t'ai préparé un petit paquet. »

Elle le mit dans la poche de sa gabardine et il n'essaya pas de savoir ce que c'était.

« Tu vois, Jean ! C'est facile. Tu peux venir tous les jours, en attendant que ce soit arrangé. »

Elle quêtait quelque chose, une effusion, une émotion. Mais il ne pouvait pas ! Il n'était déjà plus près d'elle ! Il sentait qu'on l'appelait dehors, qu'il n'était pas à sa place.

« Au revoir, Lulu.

— Comme tu dis ça !

— Pourquoi ?

— Je ne sais pas. Tu as un drôle d'air. »

C'étaient des baisers maladroits, dans l'entrebâillement de la porte du palier qu'il fallut refermer quelques instants parce que la locataire du cinquième montait avec un plein filet de provisions. On entendait le heurt sourd de ses pieds sur les marches et le frôlement des choux contre le mur.

« Tu ne m'en veux pas?

— Pourquoi? »

C'était lui qui avait à nouveau ouvert la porte.

« A ce soir!

— Bonne chance! »

Il se retourna et la vit, le visage coupé par la porte, qui le regardait descendre. Il aurait pu lui adresser un sourire. Il n'en eut pas la force.

En bas, il leva la tête. Elle était là-haut, à mi-chemin des circonvolutions symétriques de la rampe, le corps penché en avant, et elle agitait la main.

Dehors, c'était un temps de giboulées. Les pavés étaient mouillés par une précédente averse, mais le soleil avait plus d'éclat qu'en été : un éclat jaune qui transperçait les pupilles.

Cholet suivit la rue Caulaincourt et se retourna deux fois sur une vieille femme en souliers noirs en pensant que c'était peut-être la tante. Il entra au bureau de poste, prit son tour à un guichet derrière un Tchécoslovaque, tendit sa carte de membre du Syndicat des journalistes. Comme les autres jours, l'employé examina une pile de lettres.

« Un télégramme, annonça-t-il.

— Un mandat télégraphique?

— Non, un télégramme. Signez ici. Trente centimes... »

Il le lut tout à côté des gens qui attendaient derrière lui.

« *Père mort. Reviens urgence.* »

C'était fini! Il restait là, immobile, à relire les quatre mots qui n'étaient même pas signés. C'était fini! C'est tout ce qu'il comprenait. Il ne réalisait même pas le sens du télégramme, ne pleurait pas. Quand il le poussa dans sa poche et qu'il regarda autour de lui, il avait le regard net, volontaire.

« Pardon, madame », dit-il en dépassant une femme devant la porte à tambour.

Il faisait frais. L'air était vif, le soleil clair. La rue Caulaincourt, à cette heure-là, était presque provinciale. Il n'hésita pas, passa sans détourner les yeux devant le 67, traversa la place Constantin-Pecqueur. On venait d'ouvrir la porte du *Lézard* et l'acidité d'avril pénétrait dans la salle encore moite.

Il exagéra sa simplicité, sa dureté, tendit le télégramme au patron qui était en pantoufles et en pyjama.

« Lisez! »

Et, cependant que l'autre hésitait à dire quelque chose :

« Il me faut tout de suite trois cents francs pour rentrer. Je vous les renverrai par mandat télégraphique. Je vous demande aussi d'avertir Lulu quand vous la verrez... »

11

LA rue dormait, trottoirs et volets clos. Pourtant, quand Jean sonna chez lui, la porte s'ouvrit aussitôt dans un silence solennel. Il gravit les deux marches, se dirigea vers la clarté de la cuisine comme s'il eût traversé une cathédrale, sans avoir conscience de toucher le sol. Le corridor était interminable et les murs ressemblaient aux rangs de chaises de l'église.

Sans bruit, la porte se refermait et quelqu'un le suivait en trottinant comme une vieille dévote ou comme la chaisière. C'était une tante que Jean n'avait pas vue depuis dix ans que les familles étaient brouillées.

« Donne-moi ton manteau. »

Elle larmoyait tout en l'aidant à retirer sa gabardine, elle traînait un baiser sur sa joue, pressait sa main. Et il marchait à nouveau dans d'irréelles clameurs d'orgues. La porte vitrée de la cuisine s'ouvrait d'elle-même. La tante Poldine se levait, tout en noir, se tournait vers le fond de la pièce.

« C'est ton fils... »

Et Mme Cholet levait la tête, cherchait Jean de ses yeux rouges, s'écroulait en sanglotant tandis qu'il lui posait les mains sur les épaules. A côté d'elle, il y avait un voisin, un vieillard, qui fumait une pipe en écume. L'autre tante émergeait du corridor et Jean vit à ses pieds les pantoufles de sa mère.

« Où est-il? »

C'est ce mot-là que tout le monde attendait avec une douloureuse impatience. La tante Poldine soupira, les mains croisées sur son châle :

« Viens! »

Mme Cholet se leva.

« Je veux l'accompagner. »

C'étaient toujours les phrases prévues d'une cérémonie. Jean marchait le premier le long du corridor.

« C'est là, oui. »

Alors il ouvrit la porte du salon. Sa tante, derrière lui, tourna le bouton électrique. Sa mère voulut entrer, mais dut s'appuyer au chambranle.

Elles étaient trois femmes à la porte et lui seul, dans la pièce, hésitait à avancer. On n'avait pas installé de chapelle ardente. Sur quelque chose de blanc, un lit ou une table, son père était étendu, pâle et souriant. Jean le fixait, tenait sa gorge à deux mains et la voix de la tante Poldine lui disait du seuil :

« Va l'embrasser, mon fils. On doit tout à l'heure le mettre dans le cercueil. »

Il la regarda avec égarement, s'avança dans un univers trop fluide qui se dérobait. Il avait peur. Deux fois, il fixa les trois femmes pour se rassurer, puis il se pencha et ses lèvres touchèrent le front mort de son père.

Son énergie était usée. Il recula, incapable de pleurer, de respirer. Il lui fallait un point d'appui. Des draps de lit, autour de lui, cachaient les meubles. Il se précipita hors de la pièce et, dans le corridor, un bras contre le mur, il resta un moment à reprendre son souffle, à mordre sa lèvre inférieure, à grelotter.

**

Les tantes ne partaient pas. Le vieux voisin non plus qui, assis dans le fauteuil d'osier du père, aspirait au ralenti la fumée de sa pipe.

« Tu le reconnais, Jean ? C'est M. Nicolas qui te donnait des briques pour jouer quand tu étais petit. Il a été très bon pour nous. » M. Nicolas dodelinait de la tête. La tante Léopoldine coupait du pain.

« Mange un peu. C'est le seul moyen de ne pas se laisser aller. Je ne fais que le répéter à ta mère... »

La table était servie, mais il n'y avait pas un nombre déterminé de couverts. Ce n'était pas pour un repas déterminé non plus. Toute la journée, on avait mangé les uns après les autres, mangé de tout : des viandes froides, du poulet, des harengs marinés, trois sortes de fromages, de la confiture et des tartes. Il y avait aussi des bouteilles de vin vieux et un flacon d'eau-de-vie.

« Je crois que j'ai laissé la lumière », dit la tante Lucie en trottinant une fois de plus à travers le corridor.

Jean mangea. Tout le monde le regardait. La tante Poldine le servait et personne ne pensait à formuler des reproches.

« Tu es venu en troisième classe?

— En seconde.

— Bois un peu. A quelle heure as-tu reçu la dépêche?

— A dix heures, ce matin. Il n'y avait pas de train avant une heure. »

Les voix se feutraient pour se faire plus affectueuses. Mais ce qu'il y avait surtout de nouveau c'était, autour de Jean, comme une atmosphère de respect. Sa mère elle-même le guettait pour savoir ce qu'il allait faire, puisqu'il était désormais le seul homme de la maison.

« Vous devriez vous coucher, monsieur Nicolas.

— On ne le veille pas?

— A quoi bon? »

Jean entendait le tic-tac de l'horloge, apercevait le calendrier, mais il ne pensait à rien, ne ressentait rien. C'était trop neutre. La cuisine n'était pas la cuisine. On disait des mots qui n'avaient aucun rapport avec la vie. Comme une auto s'arrêtait devant la porte, la tante Lucie se leva.

« Je parie que c'est le cercueil. »

Les gens étaient inconscients. Les heures étaient molles. A force de pleurer, on était envahi en dedans par une humidité tiède.

Il n'y avait pas eu d'effusions entre Jean et sa mère, qui attendait ses avis. La tante Lucie vint lui demander :

« On peut ?... »

Et c'est vers Jean que Mme Cholet se tourna. Des gens faisaient du bruit au bout du couloir.

« On peut !... » dit-il.

C'était arrivé la veille, entre midi et deux heures, on ne savait pas au juste. M. Cholet était resté seul au bureau, comme d'habitude. En rentrant, les employés l'avaient trouvé par terre, au pied de sa chaise, près du poêle. Il y avait du vin dans son verre et il n'avait mangé que la moitié d'un sandwich.

« Le docteur dit qu'il ne s'est pas vu mourir. »

On avait averti le commissaire de police qui, par prudence, avait téléphoné au Parquet. Vers quatre heures seulement, un employé sonnait à la porte de la maison, annonçait à Mme Cholet que son mari allait très mal, mais l'ambulance qui transportait le corps avait été si vite que, du seuil, on la voyait déjà arriver.

M. Nicolas, qui avait soixante-huit ans, respirait la bouche entrouverte. La tante Poldine tendait l'oreille aux coups de marteau qui résonnaient dans le salon. Jean se surprit à allumer une cigarette. Il ne pouvait vraiment pas penser. Il lui fallait s'habituer et il regardait les objets autour de lui comme si c'eût été la première fois qu'il les voyait.

« Vous voulez venir voir?... » chuchota tante Lucie.

Tout le monde la suivit, même M. Nicolas. Les gens des pompes funèbres rangeaient les dernières fleurs sur le cercueil. On se regarda. On se sentait mieux.

« Toutes les fleurs!... » gémit Mme Cholet.

Et la tante Poldine se pencha vers Jean.

« Veux-tu que je donne le pourboire aux hommes? »

*
* *

Il eut jusqu'au bout la même impression de vivre au son des orgues, de suivre une allée sans fin, toute droite, parmi les gens respectueux qui parlaient bas et courbaient la tête. Il y en avait qu'on ne connaissait pas et qui rendaient des services avec l'air de s'excuser et d'autres qui disaient à chacun ce qu'il fallait faire.

Le jeudi matin, le maître des cérémonies se tenait auprès de Jean et se penchait parfois vers lui.

« Tout le monde est là. Je crois qu'on peut partir. »

Et Jean, amaigri, les yeux fiévreux et secs, les cheveux encore mouillés par l'eau de toilette, faisait oui de la tête.

« Je suppose que je mets ces messieurs du journal tout de suite après la famille? »

Il avait aperçu la barbe noire de M. Duhourceau, et Gillon, et Léglise qui lui avait dit en découvrant ses dents gâtées :

« Excuse-moi. Je dois aller faire le journal... »

En sortant, son chapeau à la main, seul sur le seuil, tandis que six hommes portaient le cercueil, Jean aperçut dans la foule le visage fatigué de Layard.

Tout le monde bien était là. Tout le monde était grave et manifestait une bienveillance insistante.

Comme si la mort eût tout purifié! Les petites saletés d'avant étaient comme brûlées, leurs cendres dispersées. On ne s'en souvenait même plus! Jean marchait derrière le corbillard dans un univers glauque où passaient des tramways qui semblaient retenir le fracas de leurs roues. Sur les trottoirs, des gens saluaient.

Il fixait les pieds du maître de cérémonie qui le précédait. L'asphalte succédait aux pavés, puis c'étaient à nouveau des pavés et des rails. Il perçut l'odeur de l'encens, la rumeur des orgues, des vraies, et quand il se trouva enfin devant une chaise de paille, seul sur une ligne déserte tandis que les autres s'entassaient derrière, il pleura doucement, des larmes fluides et chaudes. Il entendait la sonnette grêle de l'enfant de chœur et le froufrou de sa robe noire.

Sa mère était de l'autre côté du catafalque, en tête du groupe des femmes. M. Dehourceau et le patron de son père se tenaient derrière lui, côte à côte.

Jean avait oublié Paris. Même en faisant un effort, il ne parvenait pas à faire revivre les dernières semaines dans sa mémoire. C'était un trou mort. Lulu était loin, déjà imprécise.

Ce qu'il s'acharnait à faire, c'était reconstituer la figure de son père et il y arrivait à peine. Il voyait très bien l'ovale un peu mou du visage, mais il ne pouvait pas mettre chaque trait en place, ranimer l'ensemble. Par contre, il entendait la voix qui disait simplement :

« Bonsoir, fils ! »

Il pleurait.

« Bonsoir, fils... »

Savait-il que Jean était malheureux à Paris et qu'il n'y avait plus qu'un miracle pour le sauver ? Le miracle, c'était la mort ! Le miracle c'était de réunir, comme aujourd'hui, tout le monde autour de Jean dans ce concert d'indulgence infinie.

Le prêtre tournait autour du catafalque en l'aspergeant d'eau bénite.

« *Et ne nos inducas in tentationem...* »

Les orgues, qui s'étaient tues, reprenaient leur chant serein.

« *Libera me, Domine...* »

C'était vraiment une libération ! Jean hoquetait, toussait, incapable de reprendre son souffle. On se tournait vers lui. Une main se posa sur son épaule.

« Il faut être un homme ! »

C'était M. Dehourceau qui lui parlait ainsi et Jean se jeta sur sa poitrine. Il étouffait. Il voyait, déformés par ses larmes, les surplis blancs autour du noir du catafalque. M. Dehourceau ne se dérobait pas.

« Courage!

— Vous ne savez pas... Il... il... »

Il n'y avait pas de mots pour dire cela! Son père l'avait sauvé en mourant! Personne n'avait jamais compris ce qui se passait entre Jean et son père. Il n'y avait qu'eux deux!

« Par ici », souffla le maître des cérémonies. Jean n'essuya même pas ses yeux. Ce fut l'air du dehors qui les sécha et la peau resta sensible à la place des larmes. On marchait encore, on marchait sans fin. Il regardait par terre et pourtant il voyait des gens, des autos, des maisons. Il tressaillit en lisant sur une affiche : « *Tournée Speelman.* » C'était une affiche toute fraîche. Il ne voulait pas y penser et pourtant, désormais, quelque chose l'escortait, quelque chose de subtil et de séduisant comme un sourire, un parfum de tabac blond.

Il ne voulait voir que son père. Il l'imaginait, le reconstituait sur sa rétine, ligne par ligne, tache par tache, mais l'ensemble restait vague et blafard près d'un Speelman aussi net qu'une photographie.

Jean se retourna pour s'assurer qu'il n'était pas là, vit les oncles, les cousins, les journalistes, des centaines de gens qui marchaient du même pas jusqu'à l'infini de la rue où un tramway avançait mètre par mètre.

Une cloche sonnait à toute volée, celle du

cimetière, et le cortège ralentit, franchit une grille, suivit des rues mortuaires.

« La mort a dû être foudroyante. »

Cela consolait Mme Cholet. Mais Jean, lui, savait que son père avait eu le temps, même si l'agonie n'avait duré qu'un centième de seconde, de penser à lui, de le voir à la place où il s'asseyait sur une table quand il venait au bureau.

Personne ne le savait. En réalité, il n'y avait que Jean derrière le corbillard. Les autres ne comptaient pas, sauf cette image de Speelman qui s'accrochait à lui comme un brouillard.

On tournait à gauche, puis à droite. On quittait les quartiers riches du cimetière et l'on entrait dans un faubourg où des croix étaient plantées de travers sur les tertres.

Jean n'eut pas conscience qu'on s'arrêtait ni qu'on transportait le cercueil nu sur un brancard. Il ne voyait rien, qu'un géranium sur un rectangle d'argile. On lui mit quelque chose en main, une pelle, et alors seulement il aperçut la fosse ouverte, le cercueil au fond, rejeta la pelle, se pencha au bord du trou pour crier sa détresse :

« Père!... Père!... »

On se bouscula. On l'entraîna. C'était encore M. Dehourceau, mais il ne le reconnut que beaucoup plus loin.

« Il faut venir me voir le plus tôt possible, Cholet. Je compte sur vous. Pensez désormais

que vous avez des responsabilités. Votre mère!...
Nous causerons tous les deux. »

Ils suivaient une allée de platanes. Des gens marchaient derrière eux.

« Il est évident que votre place est toujours avec nous... »

Jean n'aurait pas pu lui dire merci. Il se retournait, non pour voir la débâcle du cortège et les gens qui prenaient des chemins de traverse, mais pour essayer d'entrevoir, là-bas, le coin où son père...

L'assureur lui adressait un petit signe qui voulait dire :

« Quand vous aurez fini, je vous parlerai. »

Ce fut à la porte du cimetière, alors que des mains anonymes serraient la main de Jean.

« Dès que ce sera possible, je serai heureux de vous voir un moment au bureau.

— Oui. »

Tout fondait. Le groupe des silhouettes noires avait presque entièrement disparu et Jean se trouva seul avec un cousin qui était officier d'artillerie et qui avait mis un brassard sur son uniforme. La cloche sonnait. On voyait poindre à l'angle de la rue un nouvel enterrement.

12

C'EST sa mère qui l'avait voulu.

« Tu dois aller voir M. Lenoyer, puisqu'il te l'a demandé. »

Jean traversait la ville, dans le soleil de onze heures du matin, pour se rendre au bureau de son père. On avait fait des comptes la veille au soir, en présence de la tante Poldine qui ne quittait plus la maison que pour aller se coucher. On avait même ouvert le portefeuille trouvé dans la poche de M. Cholet. C'était dans la cuisine, sur la nappe, car on n'avait pas desservi la table. Les frais de l'enterrement payés, il ne restait pas tout à fait deux mille francs dans la maison.

« Puisque M. Lenoyer t'a dit d'y aller!... Quand je pense, Poldine, que mon mari était chez lui depuis vingt-deux ans et que je n'ai jamais pu le décider à demander une augmentation!... »

Jean passa devant *La Gazette de Nantes* et aperçut de loin Gillon qui se rendait à sa place au commissariat. Le port baignait dans le soleil. Un bateau finlandais déchargeait des planches de sapin et on les voyait, comme de gigantesques bois d'allumettes, se balancer au bout des grues.

L'air était tiède. Jean marchait comme un convalescent et il avait des regards de convalescent qui s'étonne de se retrouver dans un monde inchangé.

« *Tournée Speelman* »... « *Tournée Speelman* »...

Il y avait des affiches partout et il ne voulait pas les voir, ni le *Trianon,* à sa droite, avec toutes ses portes ouvertes sur la salle obscure. Il marchait vite. Il quitta les rues animées et il aperçut bientôt, en face du bureau, la maison à loggia dont le soleil incendiait les vitres.

« M. Lenoyer est ici?

— Je vais voir. »

C'était l'employé dont la place était près de la fenêtre devant la machine à écrire. Jean regardait par terre car il avait peur d'apercevoir sur le poêle, la petite cafetière bleue où son père réchauffait son café.

« Voulez-vous entrer? »

Il aurait bien fermé les yeux. Il avait surtout peur de certaine place du plancher mal lavé où l'on avait trouvé le corps. Il franchit la porte, pénétra dans un bureau qui ne prenait jour que sur la cour.

« J'aurais préféré ne pas vous déranger... »

M. Lenoyer n'avait pas quarante ans, mais son visage poupin était déjà surmonté d'une calvitie luisante. C'était un timide. Il s'était levé.

« Asseyez-vous. Une cigarette? Je vous ai demandé de venir parce que... »

Il alla s'assurer que la porte était fermée.

« Le coup a dû être rude quand, à Paris, vous avez appris... »

Il s'assit, se leva encore.

« Vous êtes un homme. Votre mère n'a plus que vous... »

On lui avait répété cela cent fois en quelques heures!

« Il faut que vous sachiez tout, car vous apprendriez quand même la vérité un jour ou l'autre. C'est mon devoir... »

Jean le regardait méchamment. Il n'aimait pas ses joues trop rondes, ses yeux clairs et proéminents, ni même sa façon de s'habiller.

« Nous avons fait tout notre possible. Votre père n'est pas mort ici... »

Il eut peur en voyant Jean se dresser d'une détente.

« Je vous en prie! Le secret a été bien gardé, vous avez pu vous en rendre compte. Le... l'accident est arrivé en face et c'est ce qui nous a affolés... »

Jean ne bougeait plus.

« Ensuite?

— Il n'était pas question d'en parler à votre mère, d'autant plus que c'était récent. Je l'ai appris par les employés. Depuis quelques semaines, seulement, votre père avait pris l'habitude... »

Un peignoir bleu ciel flottait comme un petit drapeau entre les yeux de Cholet et le petit homme.

« Cela arrive, n'est-ce pas? J'ai d'ailleurs demandé à plusieurs reprises à la police l'interdiction d'installer une maison de ce genre devant mes bureaux. Bref, le commissaire a été très gentil. Il a compris. On a fait croire... Mais vous le savez aussi bien que moi. »

Il se rassit et l'on sentait que le plus dur, pour lui, était passé. Maintenant, il reprenait possession de lui-même.

« Remarquez que je ne veux pas ternir la mémoire de votre père, qui a été un employé modèle. J'ai été amené à la suite de cette découverte, à revoir certains comptes. J'avais l'intention, lors des obsèques, de remettre une enveloppe à votre mère. »

Il feuilleta des papiers, acheva au plus vite :

« Malheureusement, il manque à peu près trois mille francs et... »

Il se leva, une seconde après Jean.

« Je ne vous les réclame pas. C'est à peu près ce que je voulais glisser dans l'enveloppe. Mais vous comprendrez... »

Il essayait de rejoindre son interlocuteur, car Jean avait déjà ouvert la porte et il regardait le poêle, la place de son père, le jeune homme devant sa fenêtre, la loggia.

« Écoutez... »

Écouter quoi? L'histoire du sandwich et du verre plein de vin était fausse! Et celle du corps sur le plancher gris! Jean ouvrit la porte de la rue. Jamais encore il n'avait été aussi agité. Ce n'était pas de l'émotion. C'était autre chose. Il respirait trop vite. Son pouls était précipité et il voyait des images tumultueuses.

Il ne regarda même pas la maison d'en face. Il marcha très vite et quand il s'arrêta, ce fut sur le seuil d'un bistrot.

« Un cognac. »

A côté du bar, il y avait une affiche : « *Tournée Speelman* » et il ricana en vidant son verre.

« La même chose! »

Il ne pensait pas, ne pouvait pas penser. C'était un chaos d'idées inachevées, d'images grotesques, comme celle du commissaire au milieu des femmes en peignoir, des cris, des larmes et des sourires.

Il se revoyait jambes pendantes, assis sur une table, tandis que son père mangeait et qu'il lui racontait des histoires de femmes.

« La même chose! »

Il haussa les épaules parce que la commère qui le servait regardait ses vêtements de deuil et mettait son ivrognerie sur le compte de la douleur.

Ce n'était pas la même chose! C'était de la rage!

La femme en bleu, là-haut, dans sa loggia ensoleillée... Et son petit maquereau d'employé...

« Saloperie! grogna-t-il

— Vous dites?

— Rien. »

Il paya, bouscula une passante.

Les images s'enchaînaient, le drame prenait corps. Il l'avait déjà pressenti au cimetière, quand il s'efforçait en vain d'anéantir Speelman.

D'un côté, il y avait son père... De l'autre côté il y avait Speelman... Voilà tout!

C'était bête! C'était odieux! Et maintenant tout le monde était gentil avec lui, parbleu! On allait le remettre dans le bon chemin! Le passé était effacé!

Il entra dans un second bistrot, s'accouda au bar.

« N'importe quoi.

— Un apéritif?

— Je m'en fous! »

On lui avait volé son père! Il fallait un mort, une victime, et c'était son père qui, dans la maison douillette, derrière la loggia en pitchpin verni...

« Encore un! »

« *Tournée Speelman...* »

Il s'était caché! Jamais on ne l'avait revu! Mais, à présent, il revenait. C'était fini! Il n'avait plus rien à craindre!

« Combien? »

Jean se passa la main dans les cheveux à rebrousse-poil, et deux maçons qui buvaient du vin blanc le regardèrent avec inquiétude. Il trépidait comme quand, dans un bateau, on marche sur les tôles de la salle des machines. Il

182

ne tenait pas en place. Il se retournait sur les passants comme sur des ennemis.

« Les trois mille francs que... »

Il fit demi-tour, car il venait de dépasser la vitrine d'un armurier. Il y avait un hibou empaillé à l'étalage, des fusils, des revolvers. Il entra.

« Donnez-moi un browning.

— Un vrai browning de Herstal? »

Il avait tout l'argent de la maison dans sa poche, maintenant qu'il était le maître!

« Chargez-le. »

Et il sourit de l'effroi de l'armurier. Dans la rue, il grommelait des syllabes à voix haute. Il passa encore une fois devant *La Gazette,* où l'on doit savoir la vérité. Ils étaient venus à l'enterrement quand même!

Plus loin, il s'arrêta net au bord du trottoir, comme si son élan eût été coupé, ou son souffle trop court. Les gens passaient dans sa tête comme des fourmis, sans but, sans raison.

Heureusement qu'il y avait un bistrot!

« Un cognac, un grand! »

Il voyait le *Trianon,* les affiches, Speelman qui escortait le corbillard, Layard qui, lui, était vraiment derrière avec sa veste de velours, sa lavallière, sa gueule fatiguée.

« Encore un! »

Il toussa, laissa tomber une liasse de billets et faillit tomber lui-même en se baissant pour les ramasser.

« Bonsoir, fils! »

Il avait mal partout. Il sortit du bar sans savoir comment et presque sans transition il se trouva devant *L'Ane Rouge* dont il poussa la porte du pied et de la main. La patronne, qui faisait des comptes, leva la tête.

« Vous!... »

Elle dut comprendre du premier coup d'œil, car elle eut peur.

« Qu'est-ce que vous prenez? Attendez... »

Il entendait des voix à côté, dans la cuisine où l'on mangeait. Il reconnaissait celle de Speelman. Mais, pour le rejoindre, il devait faire un détour, lever la planche mobile du bar.

Avait-il l'air d'un fou? Comme la patronne pénétrait en courant dans la cuisine, il tira son revolver de sa poche, tandis que Layard se montrait, essayait de sourire.

« C'est vous? Dites donc! j'y étais, hier, et...

— Où est Speelman? »

L'escalier était tout près, séparé de la salle par une cloison et l'on entendait des pas pressés. Jean souleva la planche. Layard n'osa pas intervenir, se contenta de crier :

« Dis donc... »

Ses yeux n'avaient jamais été aussi plombés.

La maison puait les choux.

Dans l'escalier, Jean hurla :

« Speelman! »

Il l'imaginait, en habit, fuyant devant lui, et il riait silencieusement. Une porte s'ouvrit et se ferma dans la pénombre du couloir et Jean se mit à courir.

« Speelman ! »

Sa tête brûlait. Il secoua la porte.

« Speelman, nom de Dieu ! »

Il avait besoin de le voir. Il n'avait qu'à se montrer, le lâche !

« Speelman ! »

Il secouait la porte, entendait le bruit d'un meuble que l'on traînait pour en faire une barricade.

Est-ce que l'autre avait son sourire, sa peau bien rasée, ses cheveux lisses et tout ?...

Une porte s'ouvrit, derrière. Une femme en déshabillé passa la tête, poussa un cri aigu à la vue de l'arme et, la porte refermée, il n'en resta pas moins dans le corridor une odeur lourde de cabinets.

« Speelman ! »

C'était moins ferme. Cholet entendait respirer, derrière la cloison. Il devinait Layard tapi au bas de l'escalier, l'entendait qui disait à sa femme :

« 22.32... »

Et elle maniait le combiné du téléphone.

22.32 : la police !

La femme aussi haletait derrière sa porte. Ils avaient peur, les cochons ! Est-ce que la femme n'était pas Nelly, avec son ventre large, son pubis épais ?

« Speelman !... »

Il n'y croyait plus. Il regardait autour de lui avec dégoût. Speelman ouvrait sa fenêtre, prêt à appeler les passants au secours.

« Allô! 22.32... »

Mᵐᵉ Layard craignait d'être entendue d'en haut! Des pas lourds descendaient l'escalier. Elle vit les pieds de Cholet, sa main qui tenait le revolver et enfin son visage blanc mais apaisé.

Layard recula, en faisant des efforts pour sourire tandis que son dos bousculait les bouteilles au bar.

« Voyons, il ne t'a rien fait... »

Jean les fixait l'un après l'autre, le patron et ses poches sous les yeux, la patronne qui avait lâché le téléphone et qui se glissait derrière son mari. Une porte s'entrouvait, là-haut : celle de la chambre de Nelly, qui s'avançait à pas feutrés jusqu'à la marche supérieure de l'escalier.

Pourquoi Jean, qui ne l'avait pas vue, l'imagina-t-il désormais dans ses souvenirs, avec un peignoir bleu?

« Mets ça dans ta poche. On ne sait jamais... »

Il jeta le revolver par terre.

« A la bonne heure! Maintenant... »

Ce n'était pas la peine de parler. Jean s'en allait, parfaitement calme. Il renversa une chaise, à la table où il avait passé tant de soirs. Sa main trouva, sans effort, le bec de corne.

Les Layard, derrière le comptoir, le regardaient partir et ils le virent passer en ombre chinoise derrière le rideau.

Il se retourna, pourtant. Une fenêtre était ouverte, au premier étage. Quelqu'un recula et

Cholet n'eut pas le temps de reconnaître la silhouette de Speelman.

On fermait les portes du théâtre. Les grues du port s'étaient arrêtées et des ouvriers étaient couchés parmi les piles de planches qui sentaient la résine.

Jean, qui marchait lentement, traversa les ponts.

Une seconde, il évoqua Lulu, mais cela le fit penser à Speelman couchant avec elle comme, un matin, il avait couché avec Nelly, dans une chambre qui sentait l'eau de toilette et l'urine.

Il ouvrit la porte de chez lui avec sa clef. Les tantes n'étaient plus là, ni M. Nicolas. La table était mise pour deux. Sa mère le suivit des yeux avec l'inquiétude innée de la femme devant l'homme de qui elle dépend.

« Qu'est-ce qu'il a dit ? »

Elle s'était levée pour le servir.

« Rien. M. Duhourceau m'attend cet après-midi. »

Il surprit sous lui un craquement familier. Sans le savoir, il s'était assis dans le fauteuil d'osier.

OUVRAGES DE GEORGES SIMENON

AUX PRESSES DE LA CITÉ

COLLECTION MAIGRET

ROMANS

MÉMOIRES

OUVRAGES DE GEORGES SIMENON

AUX PRESSES DE LA CITÉ (suite)

« TRIO »

I. — La neige était sale — Le destin des Malou — Au bout du rouleau
II. — Trois chambres à Manhattan — Lettre à mon juge — Tante Jeanne
III. — Une vie comme neuve — Le temps d'Anaïs — La fuite de Monsieur Monde

IV. — Un nouveau dans la ville — Le passager clandestin — La fenêtre des Rouet
V. — Pedigree
VI. — Marie qui louche — Les fantômes du chapelier — Les quatre jours du pauvre homme

VII. — Les frères Rico — La jument perdue — Le fond de la bouteille
VIII. — L'enterrement de M. Bouvet — Le grand Bob — Antoine et Julie

PRESSES POCKET

Monsieur Gallet, décédé
Le pendu de Saint-Pholien
Le charretier de la Providence
Le chien jaune
Pietr-le-Letton
La nuit du carrefour
Un crime en Hollande
Au rendez-vous des Terre-Neuvas
La tête d'un homme

La danseuse du gai moulin
Le relais d'Alsace
La guinguette à deux sous
L'ombre chinoise
Chez les Flamands
L'affaire Saint-Fiacre
Maigret
Le fou de Bergerac
Le port des brumes
Le passager du « Polarlys »
Liberty Bar

Les 13 coupables
Les 13 énigmes
Les 13 mystères
Les fiançailles de M. Hire
Le coup de lune
La maison du canal
L'écluse n° 1
Les gens d'en face
L'âne rouge
Le haut mal
L'homme de Londres

A LA N.R.F.

Les Pitard
L'homme qui regardait passer les trains
Le bourgmestre de Furnes
Le petit docteur
Maigret revient

La vérité sur Bébé Donge
Les dossiers de l'Agence O
Le bateau d'Émile
Signé Picpus

Les nouvelles enquêtes de Maigret
Les sept minutes
Le cercle des Mahé
Le bilan Malétras

ÉDITION COLLECTIVE SOUS COUVERTURE VERTE

I. — La veuve Couderc — Les demoiselles de Concarneau — Le coup de vague — Le fils Cardinaud
II. — L'Outlaw — Cour d'assises — Il pleut, bergère... — Bergelon
III. — Les clients d'Avrenos — Quartier nègre — 45° à l'ombre
IV. — Le voyageur de la Toussaint — L'assassin — Malempin
V. — Long cours — L'évadé

VI. — Chez Krull — Le suspect — Faubourg
VII. — L'aîné des Ferchaux — Les trois crimes de mes amis
VIII. — Le blanc à lunettes — La maison des sept jeunes filles — Oncle Charles s'est enfermé
IX. — Ceux de la soif — Le cheval blanc — Les inconnus dans la maison
X. — Les noces de Poitiers — Le rapport du gendarme G. 7

XI. — Chemin sans issue — Les rescapés du « Télémaque » — Touristes de bananes
XII. — Les sœurs Lacroix — La mauvaise étoile — Les suicidés
XIII. — Le locataire — Monsieur La Souris — La Marie du Port
XIV. — Le testament Donadieu — Le châle de Marie Dudon — Le clan des Ostendais

SÉRIE POURPRE

Le voyageur de la Toussaint   La maison du canal   La Marie du port

Achevé d'imprimer le 18 novembre 1977
sur les presses de l'Imprimerie Bussière
à Saint-Amand (Cher)

Presses

Presses Pocket

Pocket

8 rue Garancière
75006 Paris
tél. 329 12 80

Nº d'édit. 1270.   Nº d'imp. 788.
Dépôt légal : 4e trimestre 1977.
Imprimé en France